東京湾大華火

1

「え？」

早朝出社する桐生《きりゅう》にあわせてなんとか起き出し、ぼんやりした頭で彼の淹《い》れてくれたコーヒーを飲んでいた僕は、不意にその桐生が、

「……申し訳ない」

などと頭を下げてきたものだから、驚きのあまり一気に目が覚めてしまって彼の顔を見返した。

「なんだ、やっぱり聞いてなかったか」

桐生が呆《あき》れたように肩を竦《すく》め、昨夜言ったろ、と僕を睨《にら》む。

「……ああ」

そういえば昨日眠りにつく前、花火がどうこう言っていたような気がする、と、僕は頼りないことこの上ない自分の記憶を辿《たど》りはじめた。

昨夜、いつものように深夜帰宅をした桐生は先に僕が寝ていたベッドに潜り込んできた。少し酒が入っていたからだろうか、執拗《しつよう》すぎるくらいに執拗に僕の身体《からだ》を弄《まさぐ》ったあと、その

intermezzo 間奏曲

愁堂れな

幻冬舎ルチル文庫

CONTENTS

目次

intermezzo 間奏曲

イラスト・水名瀬雅良

カバーデザイン＝清水香苗（CoCo.Design）
ブックデザイン＝まるか工房

熱も冷ましてくれないうちに「飽きた」と寝ようとした彼を誘ってしまったのが運の尽き――まんまと策略に乗ってしまったと気づく頃《ころ》には僕はもう意識を繋《つな》ぎ止めておくことすらできないほどに彼との行為に疲れ果て、その腕の中で眠ってしまっていたのだったが、寝入りばなに桐生は何か僕に詫《わ》びていたような気がするのだ。

それを言い出しづらかったからこそ、酒に紛らわせて激しい行為に持ち込んだのか、と、ちらと思ったのだけど、桐生にそんな気の弱いところがあるわけもないか、と一人笑ってしまった僕に、桐生が意地悪な問いかけをしてきた。

「思い出し笑いもいいが、『思い出し』たのか？」

「ああ……花火？」

そうだ――桐生のマンションからは、東京湾の花火がよく見える、という話を以前にしていたのだけれど、いよいよ今週末に迫ったその『東京湾大華火大会』がどうこう、という話だったと思う。

「なんだ、ちゃんと覚えてはいるんだな」

桐生は少し驚いたように目を見開いたあと――考えてみれば失礼な反応だ――すぐに真面《まじ》目《め》な表情になって、

「悪いな」

とまたバツの悪そうな顔をし、コーヒーを飲んだ。

「えーと……」

話の内容はあまり覚えていない。確か副社長に頼まれて客の接待をすることになった、とかなんとかいうことだったかな、と僕は彼を見返し、探るように問い掛けた。

「接待、だっけ？」

「そう。本当にふざけた話さ」

桐生はどうやら僕がぼんやりとしか覚えてないことを察してくれたようで、再び彼の『謝罪』の内容を説明してくれた。

取引先のＶＩＰがアメリカから遊びに来ているのだが、是非《ぜひ》花火大会を見たいといっている、という話が昨日桐生の会社の極東部門担当の副社長からあったらしい。ついては日程的にぴったりの今週末、東京湾の大花火大会を見せてやりたいのだが、真近すぎて花火を見る場所を確保できない。そこでこの桐生のマンションを開放して貰《もら》えないか、と頼まれたというのである。

このマンションは会社が賃貸契約を結んでいるので、花火見物には最適のロケーションであることは、既《すで》に副社長にはお見通し、とのことだった。

「仕方がないよ」

そういえばそういう話だった、と僕はようやく思い出したが、何故桐生は僕に謝罪をするんだろうと考え——記憶の底から、ある日のやり取りを掘り起こした。隅田川の花火か何かの報道を見ているときに、ここからだと東京湾の花火が綺麗《きれい》に見える、というような話を桐生がしてくれたことがあったのだ。

『去年は一人で見たけどな』

『なんて寂《さみ》しい』

そうからかった僕に、桐生は、本当に寂しい話だ、と苦笑し、

『今年は二人で見られるな』

と僕の肩を抱き寄せたのだったが、まさかそのことを気にしているとでも言うのだろうか。

「……気にしなくていいよ」

まさかね、と思いながら僕は彼に笑いかけた。

「…………」

桐生は何も言わずにコーヒーを飲み干すと、それじゃ、と立ち上がった。彼を見送るために僕も彼の後について玄関へと向かいながら、彼の背中にわざと明るい声を出した。

「花火は来年も見られるし、当日は邪魔《じゃま》にならないよう、久々に寮にでも帰ってるよ」

「なんだ、やっぱり覚えてないのか」

桐生はそんな僕を肩越しに振り返ると、やれやれ、と溜《た》め息をついてみせる。

「え？」

目を見開いた僕を、桐生は体を返して正面から抱き寄せると、唇を寄せ囁《ささや》いてきた。

「一緒にホスト役を頼む、と昨日お願いしたんだけどな？」

「……え？」

「この俺が頭を下げたんだぜ？　覚えてないのか？」

嘘《うそ》だ――と言おうとした唇は桐生に塞《ふさ》がれてしまった。

絶対嘘だ。頭を下げたとしたら、僕が眠ってしまったあとだろう。だいたいホスト役ってなんだ？　と僕は慌てて腕の中で抗《あらが》い、唇を離して彼を見上げた。

「ホスト？」

「そう。同居人として共に客をもてなして欲しい。これは『お願い』、というよりは――」

桐生はそこでまた僕の身体をきつく抱き寄せ、

「強制、かな」

とにやりと笑って唇を落としてきた。

「マズいだろうっ」

慌てて身体を離そうともがいても彼の力に適《かな》うわけもなく、易々《やすやす》と唇を塞がれてしまう。しかし彼は一体何を思ってそんなことを言っているのか、と僕は首を傾《かし》げずにはいられなかった。

どう考えても僕達の関係は世間に知れるのはマズい。ましてや会社の、しかも取引先ＶＩＰに、僕のような同性の同居人がいると知れるのは、何よりマズいことなんじゃないだろうか。

同居人イコール恋人、というのは短絡的すぎるかもしれないけれど、自分がまだ退寮の手続きもせず、会社にも家にもこの同居のことを内緒にしているのも、世間に彼との関係を知られたくないと思っているからで――などと考えているうちに、桐生は僕のTシャツの背を捲《まく》って素肌を撫《な》でまわすようにしながら僕の身体を更に抱き寄せ、トランクスまで下ろそうとしてくる。

出かけるんじゃないのか、と僕は彼のカフスの冷たさにびくりと身体を震わせてしまいながらも、その胸に両手をついて彼の身体を遠ざけた。

「マズい？」

潤《うる》んだような桐生の瞳に吸い寄せられそうになるのを理性で堪《こら》え、うん、と頷《うなず》いてみせる。キスだけなのに、昨夜の行為の名残だろうか、朝から妙《みょう》に昂《たか》ぶってしまっている自分自身を持て余し、僕はもう一度「マズイよ」と大きく頷いたあと、僕を真っ直《す》ぐに見つめていた桐生から目を逸《そ》らせた。

「マズいことなんてないさ。安心しろ。準備は会社の人間が全部やってくれる。お前の苦手な料理を強要する気はさらさらない」

俺だってそんな手間はごめんだ、と言いながら桐生は笑って踵《きびす》を返し玄関へとまた向かった。

「そっちのマズいじゃなくて」

失礼なことを言われたのはさて置き、僕はまた慌てて彼のあとを追った。と、靴を履《は》き終えた桐生が僕の方を振り返り、指で僕を招いた。

「……あのな」

「なに？」

招かれるままに顔を寄せた僕の頬《ほお》に桐生の手がかかる。

「何もマズいことなんてない。誰にだって堂々と紹介してやる。お前が嫌でなければ、の話だけどな」

そう真摯《しんし》な瞳で告げたあと、言葉を失っている僕の唇を軽く彼は塞いだ。

「桐生……」

「それからな、俺が謝ったのは、お前と『二人で』花火が見られないことに対してだ。俺はお前と花火を見たい。俺にとって客はオプションだ。お前もそう思っていればいい」

唇を離しそう告げると、桐生は笑って僕の頬を軽く叩《たた》いた。

「…………」

オプションって――VIPだろうが、と僕は呆れて彼を無言で見返すことしかできない。

「ということだから。心積もりだけはしておいてくれ」

それじゃ行ってくる、と桐生は片手を上げ、玄関のドアを開いた。

「……いってらっしゃい」

「ああ、そうだ」

ドアを閉めながら、桐生はにやりと笑うと、

「お前が嫌がるなら、当日寝室には鍵《かぎ》をかけておいてやる。ベッドが一つしかないことがバレないようにな」

俺は別に気にしないけどな、と桐生はウインクし、僕が絶句している間にドアを閉めた。

「……気にしようよ」

僕が気にしすぎなんだろうか——ってことはないと思うのだが。

思わず溜め息をついてしまいながらこの週末に起こり得る様々な事象を思い、僕は頭を抱えてしまった。

とはいえ——我《われ》に返ると、桐生が僕と二人で見る花火を楽しみにしていてくれた、という事実は何にも代え難いくらいに嬉《うれ》しいことで、僕は彼の出て行ったドアを見やりながら、珍しくも彼が『悪いな』と謝ったときのバツの悪そうな顔を思い出し、一人笑ってしまったのだった。

今年の花火は日曜日だそうで、前日の土曜日に滝来《たきらい》氏がハウスクリーニングの業者を連れてきた。客はＶＩＰの夫婦二人かと思っていたが、結局総勢五夫婦で十名、ちょっとしたパーティになるらしい。

その仕切りを桐生は滝来氏に任せたのだという。料理と当日の給仕はケータリング会社がやってくれる、お前は得意の英語で奥様方の相手でもしていてくれればいい、と桐生は滝来氏の前で僕にそう告げ、そのまま打ち合わせに入ってしまった。

周囲で慌しく業者が掃除をはじめたこともあり、僕は邪魔にならないよう、一人出かけることにした。

「ちょっと出てくるから」

一応桐生に声をかけたが、彼は顔も上げずに片手を振って了解の意を伝えてきただけだった。かえって滝来氏が気を遣《つか》ってくれ、

「明日は宜《よろ》しくお願い致《いた》します」

そう深々と頭を下げてくれたことに、逆に僕の胸は痛んだ。

馬鹿馬鹿しいジェラシーだ。有能な部下である滝来氏は桐生にとっては『代え難い』男だという事実がわかっているだけに、僕は彼と桐生が一緒にいるだけでも、嫉妬《しっと》を感じてしまう。

滝来氏がかつて——今も、なのかもしれないが——桐生に惹《ひ》かれていると僕に告白したこ

とも、彼への嫉妬の呼び水になった。桐生はそんな僕のジェラシーを面白がって、時折僕をからかってくる。

そうすることで逆に僕を安心させようとしている、ということはわからないでもないし、桐生を信頼していないわけでもないのだけれど、やはり彼にとっての『代え難い存在』である滝来氏は、僕にとっても或《あ》る意味『特別な存在』になってしまうのだった。

特にどこか行きたいところがあったわけではなかった僕は、晴海通りをいつも向かう銀座とは逆方向にぶらぶらと歩いた。勝どき橋辺りで暑さに音《ね》を上げてしまい、トリトンスクエアに逃げ込み中の店を見て歩いた。

本屋で時間を潰《つぶ》しながら、どうせだったら明日の『接待』に備えて髪でも切りに行こうかな、と考えていると、ポケットに入れた携帯が着信に震えた。

『俺だ』

桐生だった。今どこにいる、と聞かれたのでトリトンの本屋だと答えると、自分もここに来るという。

「打ち合わせは？」

『今終わった。クリーニングはあと三時間はかかるらしい』

「……立ち会ってなくていいのか？」

『ああ。滝来氏が見てくれている』

なんでもないことのように答えた桐生にとって、それは本当に『なんでもない』ことだったのだろう。

「……そんな……申し訳ないよ」

でもぼくにとっては——『そうなんだ』で済ませられることではなかった。

『申し訳ない？』

「滝来さんに留守番してもらうなんて……」

答えながら僕は自分の欺瞞《ぎまん》に気づいていた。『申し訳ない』というのは体《てい》の良い口実だ。僕は単に桐生が自宅の留守番を滝来氏に頼むという行為に、彼の滝来氏に対する甘えを感じてしまい、それを面白くなく思っているだけなのだった。桐生はそんな僕の心理が手にとるようにわかるのか、一瞬電話の向こうで黙り込んだあと、

『……どうしたいんだ？』

と怒りを抑えたような声で尋ねてきた。

「どうって……」

途端に僕は、それこそどうしたらいいかわからなくなり電話を握り締めた。桐生は僕に対しては怒るときは怒るし、機嫌が悪いときはそれを隠そうとしない。こんなふうに感じている怒りを抑え込むようなことはあまりしないだけに、逆に僕は途方に暮れてしまい、携帯を耳にあてたまま黙り込んでしまった。

『好きなようにしろ』

電話はそれで切れた。僕はしばらく「ツーツー」という音を聞いていたが、やがて溜め息をついて電話を切った。

好きなように――そう言われて自分がどう行動すべきか、僕は少しも思いつかなかった。マンションに帰ろうかとも思ったが、今、桐生と顔を合わせるのは気まずくもあった。滝来氏はまだマンションにいるのだろう。

一度留守番を頼んでしまった手前、「やはり帰っていい」と滝来氏に告げるほうが失礼な話だったのかもしれないし、ハウスクリーニングの業者への指示は滝来氏に任せていたのかもしれない。そんな桐生側の都合をまるで考えず、単なるジェラシーだけで愚図愚図《ぐずぐず》言っている僕を、桐生はどう思っただろう。

そして滝来氏は――どう思っているだろうか。

『どうなさったんです？』

電話を切った桐生の背後から、滝来氏が声をかけるイメージが僕の中に浮かんだ。

『いや……別に』

不機嫌さを隠そうともせず携帯を投げ捨てた彼の肩に滝来氏の手がかかり――。

馬鹿馬鹿しい、と僕は一人大きく溜め息をつくと、本屋を殆《ほとん》ど駆けるようにして飛び出した。エスカレーターを降りながら、自分は何を焦《あせ》っているんだろうとその滑稽《こっけい》さにふと気づき、また溜め息をつく。

まずは落ち着こう、とエスカレーターを降りたところにあるセガフレードに入り、アイスのカフェラテを飲みながらしばらくぼんやりしていたが、いつまでもこうしているわけにもいかないかと立ち上がり、トリトンをあとにした。

炎天下をぶらぶらと築地へと引き返し、再びマンションの前に立つ。「好きにしろ」と言われた僕の選択は『帰る』ことへと向いたのだった。

あれから一時間も経《た》っていないから、業者も滝来氏もまだいるだろう。ここまで戻って来ながら、まだ僕はマンションへ入るのを逡巡《しゅんじゅん》していたが、暑すぎる日差しが僕の背を押した。

マンションのエントランスを入り、エレベーターに乗り込む。帰ってきた僕を見て、桐生がどんな顔をするか——想像できるだけに、部屋に戻る僕の足は止まりかけたが、そんな意気地のないことでどうする、と思い直してドアに手をかけた。

「ただいま」

リビングではまだ業者が慌しく働いていた。僕を振り返り会釈《えしゃく》をしてくれた彼らに、

「ご苦労さまです」

と僕も会釈を返したあとぐるりと室内を見回したが、桐生の姿も滝来氏の姿も見えなかった。

また僕の心の中に、なんともいえない嫌な思いが過《よ》ぎる。まさか、と思いながら僕は寝室へと向かい、軽くノックしたあと小さく扉を開いてみた。

おそるおそる覗《のぞ》き込んだその部屋は――無人だった。それがわかった途端、一体僕は何を考えていたんだろう、と自分の浅ましさに激しい自己嫌悪に陥った。ここにいないとなると、と今度は桐生の部屋へと向かった。ドアをノックすると中から彼の声が聞こえた。

「ただいま」

かちゃ、と扉を開いて僕は室内へと入った。桐生は机でパソコンに向かっていたが、僕が部屋に入っても振り返る素振《そぶ》りすら見せなかった。

「……滝来さんは？」

部屋には桐生しかいなかった。リビングにも寝室にも――当たり前か――いなかったところを見ると、洗面かな、と思いながら桐生の背中に声をかけると、桐生はキイを打つ手を止めもせずに短く答えた。

「帰った」

「帰った？」

驚いたあまり、彼の言葉を繰り返す声が少し大きくなってしまった。

「帰した。留守番は不要になったからな」

そこで桐生はようやく僕の方を振り返った。その眼差《まなざ》しに抑えた怒りの色を感じた僕は彼から目を逸らせると、ぼそりと小さな声で彼に詫びた。

「……ごめん」

「何を謝る」

桐生が椅子《いす》から立ち上がり、僕の方へと歩み寄ってきた。

「…………」

何、とひと言では言えなかった。滝来氏に一度頼んだ留守番を断らせたこと、彼が折角《せっかく》出て来てくれるという誘いを断ったこと、なにより——つまらないジェラシーで桐生の気分を害してしまったこと。

「ごめん……」

「謝って全てを済まそうと思うなよ」

僕のすぐ前まで近づいてきた桐生はそう言うと、僕の背を抱き寄せ、唇を落としてきた。合わせた唇はあまりに優《やさ》しく——温かかった。自然と僕の手は桐生の背へと向かった。シャツの背中にしがみつきながら、僕は桐生が絡《から》めてくる舌に舌を絡め、次第に激しくなってゆくくちづけに自らも没頭していった。桐生の僕の背に回した手に力がこもる。ふと唇が離れたのに、僕は薄目を開けて彼の顔を見上げた。

「自己完結するな。何が不満か、どうして欲しいのか……言葉で伝えろ」

少し掠《かす》れたような桐生の声は、僕の耳朶《じだ》に染み入り、何故《なぜ》だか僕の胸を熱くした。

「……ごめん……」

また顔を逸らせようとした僕の頬に手をやりながら桐生は、

「だから謝るなって」

と微笑《ほほえ》み、軽く唇を合わせてきた。

「……何が不満だったんだ？」

あまりにも近いところにある桐生の瞳が僕を捕らえる。

「……不満……っていうんじゃないんだ」

答えながら涙が出そうになった。

「どうしたかったんだ？」

重ねて問いかける桐生の声はあまりに優しい。

「…………」

僕は言葉を捜して一瞬黙り込んだ。桐生はそんな僕の唇にまた軽くキスを落とすと、

「ん？」

と僕の顔を覗き込む。

「……二人でいたかった……二人きりに……なりたかった」

我ながらよく言葉にできたと思う。言った瞬間、羞恥《しゅうち》が込み上げてきてしまい、僕は彼の胸に顔を埋《うず》めた。

「……そうか」

笑いを含んだ桐生の声が耳元で聞こえる。僕の背を抱き締める彼の手にまた一段と力がこもったのがわかった。

「長瀬《ながせ》」

名を呼ばれても羞恥で顔が上げられなかった僕の耳元で桐生は再び僕の名を囁くと、僕の頬に手をやり無理やり顔を上向かせ、唇を重ねてきた。

唇を合わせながら、思わず彼の背をぎゅっと摑《つか》んでしまった僕に、桐生は目だけで微笑むと、更に激しいくちづけを落としてきた。

ドアの向こうでクリーニング業者が慌しく働く音が聞こえている。キス以上のことなどできないとわかっているにもかかわらず、幾許《いくばく》かの期待を胸に抱《いだ》いてしまっている自分に頬を赤らめつつ、僕はいつまでも桐生の唇を貪《むさぼ》り続けた。

2

「……え？」

翌日、設営のために三時過ぎに現れた滝来氏に笑顔で差し出された『それ』を、僕も桐生も一瞬啞然《あぜん》として見つめてしまった。

「ニッポンの夏のムード造りに、ね」

にっこり、と男の僕でも惚《ほ》れ惚《ぼ》れするような爽《さわ》やかな微笑みの下《もと》、滝来氏が差し出してきたのは――浴衣《ゆかた》、だった。

「これを着ろと？」

傍《かたわ》らで、あの桐生が戸惑《とまど》ったような声で尋ねるのを「サーヴィスの一環ですよ」と滝来氏は軽く流すと、後ろに従えていた中年の女性二人に、

「お願いします」

と頭を下げた。どうやら着付けの係らしい。

「私のセレクトなんですが、ボスには蓬《よもぎ》色、長瀬さんにはこの柄の入った藍《あい》色を――ゲストの皆様にもそれぞれ本日のお土産《みやげ》として、浴衣と簡易帯を用意していますので、ご着用の

イメージを皆さんにお見せする意味でも」

もう時間がありませんから、さあさあ、と滝来氏に促され、僕たちは着替えのために桐生の部屋へと——寝室は僕のたっての希望で施錠《せじょう》されていたからだ——向かった。

「……何を企《たくら》んでいるのかと思ったら」

桐生が滝来氏を肩越しに振り返り、溜め息混じりに呟く。滝来氏はまたあの爽やかな微笑みを返してみせただけだった。着付けの女性に急《せ》かされるままに僕たちは着ていた服を脱ぎ、用意された浴衣に袖を通した。

浴衣なんて着るのは一体何年ぶりだろう——物心もついてないくらいの子供のときに着たか着ないか、という僕は合わせの右左すらわからず、着付けのおばさんに「それじゃ死人ですよ」と怒られてしまった。角帯《かくおび》を腰で締めて貰い、

「男の方にしては色が白いから、このお色がよく映えますすねえ」

と世辞《せじ》だかなんだかわからない言葉をかけてもらった僕は、桐生はどうなっただろうと彼の方を振り返り——。

「なんだ」

やや不機嫌そうに眉《まゆ》を顰《ひそ》めたその姿に思わず見惚《みと》れてしまった。

「本当にまあ、なんて男っぷりがいいんでしょう」

僕を着付けてくれたおばさんも感嘆の声を上げているとおり——さっきの自分への反応と

随分違うじゃないか、と心情的にはこのリアクションに傷つかないでもなかったが――本当に浴衣姿の桐生はなんというか、あまりにも絵になった。

これほどまでに着映えするのは鋭角的な肩のラインのせいか。その広い背中も腰で締めているのにそれでも長く見える足も、なんというか――もう言葉を失ってしまうくらいに、初めて見た桐生の浴衣姿は僕の目を奪った。

「似合うな」

桐生も僕を見てくすりと笑ったが、お世辞だということは顔を見ただけでわかる。

「本当にまあ……なんて男っぷりがいいんでしょう」

同性として少々悔しくもあった僕は、着付けのおばさんの口真似をして、胸の前で両手を合わせ彼の浴衣姿を誉《ほ》めてやった。

「あらやだ、真似しないで下さいよ」

おばさんたちがけらけらと笑う。

「あなたもよくお似合いよ」

おばさんの一人に慰めるように背中を叩かれ、益々《ますます》傷つく思いがしながら――って本気で傷ついてるわけじゃないが――僕たちは支度が整ったことを知らせるために彼女たちを伴ってリビングへと戻った。

「お似合いですねえ」

滝来氏は僕たちの姿を見て、一瞬目を見開いたが、すぐにまた爽やかな微笑を端整な顔に浮かべた。

「……よく言うよ」

ぼそりと不機嫌そうに呟いた桐生の横で、滝来氏があの一瞬の間に桐生に見惚れたことがわかった僕は、なんとなく所有権を示すわけでもないが桐生の袖《そで》を摑んでしまった。

「なに？」

桐生がそれに気づいて僕のことを振り返る。

「いや……」

なんでもない、と首を振る僕を、滝来氏はいつもの微笑を浮かべながらちらと見やったが何も言うことはなかった。

既にケータリング会社が到着しており、料理や酒が並べられていた。

「客の到着は五時半だったな」

「はい。花火の開始が七時ですから、ご歓談いただくのには丁度《ちょうど》いいお時間かと。ワイヤーご夫妻以外、皆様自家用車でいらっしゃるとのことです。駐車場の方はマンションの管理会社に掛け合い確保済みです。ハイヤーは二十時頃から待たせておきます」

澱《よど》みなくそう答えながらも、滝来氏がちらちらと桐生を見上げるその視線に欲情の焔《ほむら》を見た、と思ってしまうのは、実際僕が彼の浴衣姿に欲情してしまっていたからかもしれない。

欲情——思い浮かんだその言葉に、僕は人知れず頬を赤らめた。昼間から何を考えているんだろう。いくら普段見慣れぬ姿だからと言って——と、また僕は滝来氏と細かい打ち合わせを始めた桐生の浴衣の背中にいつしか目を奪われている自分に気づき、溜め息をつくとその場を離れた。

彼の広い背に顔を埋め、ざらりとした浴衣の感触を頬に感じたい——。

桐生が何かを指差すために上げた腕が浴衣の袖から見えた。腕の内側の意外な白さが僕の目の端に映り、また僕はやけにどきりとしてしまう自分を持て余しながら、昨日ハウスクリーニングの業者が磨《みが》き上げたリビングのガラスへと歩み寄った。

額をつけるのも躊躇《ためら》われるほどに、一点の曇《くも》りもないガラス——家に居る時間が短いからだろう、桐生は随分綺麗に住んでいるとは思っていたが、さすがはプロ、気づかぬ汚れを落とされたこの部屋は普段住んでいる場所とは思えぬ他人の顔を見せていた。

大勢の人間が出入りする僕たちの部屋——本当なら桐生と二人で見るはずだった今夜の花火。

「どうした？」

不意に後ろから抱き込まれるようにしながら声をかけられ、僕は人目を気にして身体を避《よ》けると、

「え？」

と声の主を——桐生の方を振り返った。

「ぼんやりして」

避けたとき、桐生の着ている浴衣のざらりとした布の感触が頬を掠めた。

「……なんだか緊張してきたよ」

どきりとしてしまったのを悟られまいと、僕は思いついた言い訳を口にし窓の傍《そば》を離れた。

「緊張？」

桐生が僕のあとについてくる。

「花火の説明を求められたらどうしよう。ナイアガラとか連発仕掛けとか……」

ナイアガラなんて言うのは日本だけだよね、と言いながらリビングを出た僕の腕を後ろから摑むと、桐生は僕の身体を引き寄せながら耳元で、

「……どうした？」

と再び囁いてきた。

「……どうもしない」

言えるわけもなかった。考えてみたら今日は桐生にとっては大切な接待の場だ。にもかかわらず、いくら普段見慣れぬからといって彼の浴衣姿にぼうっとしてしまったり、本当だったら二人で見るはずだったのに、などと今更なことを考えていたということを、僕は彼には悟られたくなかった。

「……あまり堅苦《かたくる》しく考えないことだ」

桐生は溜め息をついたあと、そんなとってつけたようなアドバイスをして僕の肩を叩いた。僕がこの接待を『堅苦しく』なんて考えていないことは、多分彼にはお見通しなのだろう。

「……うん」

それでも僕は彼の言葉に頷くと、一人洗面所に入っていった。鏡に映る自分の顔が歪《ゆが》んで見える。僕ははあ、と大きく溜め息をつき、気持ちを切り替えるために冷水で顔を洗った。

「はい」

不意にタオルが差し出され、驚いて顔を上げるとそこには滝来氏が立っていた。

「どうも……」

いつの間に、と思いながら礼を言ってタオルを受け取った僕に、滝来氏はにっこりと微笑み、軽く頭を下げてきた。

「本当に申し訳ありませんね」

「はい？」

「ボスはなかなかYESと言ってくれませんでね。副社長からの要請だ、と再三申し上げたにもかかわらず、『他の場所の手配を』と言って聞きませんでした。これからのことを考えればワイヤー夫妻との親交は深めるにこしたことはありませんし、それを狙《ねら》ってわざわざ副社長もボスに接待を、と要請していることはご本人もよくわかっていらっしゃるでしょうに……」

滝来氏はここでやれやれ、というように肩を竦めてみせたが、僕が黙って彼を見返していると、

「そんなに困った顔をされると……それこそ私が困ってしまう」

と苦笑して僕の肩を叩いた。

「あの……？」

「ともあれ、決して今日のことはボスの——桐生さんの本意ではなかった、ということを申し上げたかったのです。私が言うより前にわかってらっしゃるとは思いますが」

滝来氏はそう笑うと、「あの」と再び口を開いた僕に向って、

「浴衣、お似合いですよ」

目を細めるようにして微笑み、それじゃあ、と僕から離れていった。

僕はそんな彼の後ろ姿を見ながら、またも胸に込み上げる自己嫌悪に一人溜め息をついてしまった。

滝来氏にまで気を遣わせるほど、僕は——拗《す》ねているように見えるのだろうか。

きっと見えるのだろう。桐生にとっての『大切な接待』に臨《のぞ》むのに、こんなふうにいつまでもうじうじと考えている自分が情けなかった。

僕は再び大きく溜め息をつくと、せめて彼の——桐生の足は引っ張るまいと気持ちを切り

替え、手にしたタオルをランドリーボックスへと勢いよく放り込んだ。

間もなく客が続々と到着し始めた。出迎えに出た僕や桐生の姿を見て、外国人たちは皆一様に『KIMONO！』と歓声を上げた。VIPをはじめ、皆初めて見るという日本の花火に興奮し、その話を聞きたがった。一万二千発上がるらしい、と伝えると、また客達は口々に歓声を上げた。

滝来氏の選んだケータリング会社の料理も、客達を喜ばせた。スマートな給仕ぶりも見ていて気持ちがいいほどだったが、プロの給仕に混じって気を遣いながら客達の間をさりげなく行き来する滝来氏の姿に、僕は内心舌を巻いていた。

『気遣いの商社マン』という自負があった僕も、その『気遣い』では彼の足元にも及ばない。勉強になるな、と思わず彼の姿を目で追っていたら、

「ぼんやりするな」

と桐生に後ろから小突《こづ》かれた。

桐生と接待の場をともにするのも久しいが、彼のホストぶりもまるで堂に入っていた。話題の豊富さは勿論、さりげない飲み物のサーブや、ちょっとした気遣いは商社マンの頃より

磨きがかかっているような気がする。

僕も少しは役にたたなければ、と、ゲストたちから投げかけられる日本文化の質問などに答えたりしているうちに、そろそろ花火開始の時刻になったらしい。ヒューッという音がしたかと思うと、空一面に大輪の花火が開いた。

「明かりを消しましょう」

滝来氏の声とともに部屋の明かりが落とされた次の瞬間には数発の花火が打ちあがった。客達が歓声を上げながら窓辺へと群がってゆく。やれやれ、と僕は、あまり詳しくもない日本の芸能についての話を途中で切り上げることができて本当によかった、と溜め息をついた。

少し距離があるからか、花火が開いたあとにぼおん、という音が聞こえる。本当に綺麗に見えるんだなあ、と客達の肩越しに花火を眺めていた僕は、不意に肩を叩かれ驚いて振り返った。

「桐生……」

当然客達の間にいると思った彼が何時《いつ》の間にか直ぐ傍にいたことに、驚きの声を上げた僕の口をその手で塞ぐと、桐生は無言で僕の手を引き、自分の部屋へと導いた。

「桐生？」

部屋に入って、かちゃ、と後ろ手にドアを閉めた彼に向って、僕はようやく小さな声で彼の名を呼ぶことができた。

「この部屋からも少し見える」

桐生はそう言って僕の手を引き、窓辺へと僕を誘った。確かに大輪の花火の右半分が身を乗り出せば見える。ぽぉん、という音に誘われ僕は窓ガラスに顔をつけるようにして身を乗り出した。ここは三十八階、窓ガラスは滅多《めった》なことでは開かないようになっている。

桐生の部屋の窓の下は三十センチくらいの台状になっていて、中にファンコイルが埋め込まれているのだが、その通気口から冷たい風が吹き上げているのも心地よく、僕は更に身を乗り出しながら次に花火が上がるのを待った。と、いきなり後ろから抱き締められたかと思うと、顎《あご》を捕らえられ唇を塞がれた。

「……っ」

桐生、と名を呼ぼうとしたが、それを許さぬように舌が絡められた。後ろから抱き込むようにしながら桐生は僕の合わせに手を差し入れ、乱暴にその手を上下させて、襟《えり》の間に余裕を生ませると、僕の胸を摑むように掌《てのひら》を這《は》わせてきた。

「……やめっ……」

抗ううちにバランスを失い、ファンコイルから落ちそうになる身体をまたその台の上へと戻してくれながら、桐生は片手で僕の胸の突起を探り、もう片方の手を浴衣の間から僕の下《か》肢《し》へと伸ばしてきた。

「きりゅ……っ」

僕が真剣に手足をばたつかせ始めたのに気づいたのか、桐生はようやく唇を離し、僕のことを見下ろしてきた。冗談じゃない。VIPたちは隣の部屋で花火の鑑賞中だ。まだ接待だって終わっちゃいないのに、一体彼はどういうつもりでこんなことをし始めたというのだろう。

「……浴衣はいいな」

そんな僕の憤りなど全く気づかぬように、桐生はそう言ってくすりと笑った。

「……え？」

何がいいんだ、と思わず問い返した僕に再びのし掛かってきながら桐生は、

「何処《どこ》でも手を突っ込み放題だ」

などと下品なことを言ってくる。

「桐生っ……」

言葉のとおりに裾《すそ》を割られ、穿《は》いていたトランクスを引きおろされた僕は慌ててまた彼の名を呼んだ。

「なに？」

僕の脚からそれを引き抜くと彼は僕の裾を捲り、そこに顔を埋めてくる。

「…こんな……っ……駄目だよ……っ」

彼から逃れようと腰で後ずさった僕の背はすぐに窓ガラスに止められた。ぽぉん、とまた花火の上がる音がする。音に遅れて——いや、進んでか、そんな判断すら僕はできなくなりつつあった——ぱあっと空が大輪の華に染まり、また暗くなった。桐生は僕の両脚をその場で大きく開かせると、僕の雄を口に含んだ。

「駄目だっ……」

身体が仰《の》け反《ぞ》る。彼の頭に手をやり自分の下肢から引き剝《は》がそうとすると、桐生は顔を上げて僕を口から離した。

「……駄目？」

また僕の背で花火が上がり、明かりを消した室内、桐生の顔を照らし出す。唾液《だえき》に濡《ぬ》れた彼の唇はあまりにもエロティックだった。

思わずその端正な顔に見惚れてしまいそうになったが、また彼が僕を口に含もうとするのに我に返ると、

「駄目だよ」

と慌てて身体を捩《よじ》った。

「……何故？」

心底不満そうな桐生の声を聞き、僕はそれこそ心底呆れた。

「今、接待中じゃないか」

隣に何人いると思ってるんだ、と溜め息をついた僕を見上げ、桐生がにやりと笑う。

「皆、花火に夢中だ。打ち上げが終わるまでは俺たちが消えたことになど、気づくわけがない」

「だからって……」

「あまり声は上げるなよ？」

桐生はそう言うと再び僕を口に含み、舌で先端を攻めたてた。

「……でもっ」

彼の髪を摑み、その刺激に耐えようと身体を捩った僕を、桐生はちらと見上げたあと、尚《なお》もその手を添えながら僕自身を舐《ねぶ》ってきた。また僕の後ろで大輪の華が開く。桐生の口の中から僅《わず》かに覗く僕自身がそれに照らし出され、僕は自分が酷《ひど》く昂まっていくのを感じた。

「……んっ」

桐生にその思いが伝わったのだろうか。彼は僕を口で捕らえながら、指を僕の後ろへと伸ばしてきた。はじめから二本入れられた指が乱暴なくらいの強さで僕のそこを搔《か》き回す。

「……あっ」

前後に受ける刺激に耐えられず、僕は体を仰け反らせると彼の髪をまた摑んだ。ずるずると窓から崩《くず》れ落ちそうになる身体を支えてくれながら桐生は暫《しばら》くそのまま指と口とで僕を弄っていたが、やがて顔を上げると、

「折角の花火だからな」

と意味深に笑い、僕の身体をファンコイルの台から下ろした。ぽおん、とまた音がして、大輪の花火が何発も上がってゆく。自力では立っていられない僕の腹に手を回して身体を支えてくれながら、桐生は僕の浴衣の裾を捲り上げると片手で僕を握り込み、剝《む》き出しにされた尻へともう片方の手を伸ばしてきた。双丘を割り、彼の猛《たけ》る雄がそこへと捻《ね》じ込まれる。

「……あっ」

ぱあん、とまた大輪の華が窓の端で開いている。ぐい、と腰を進められ接合が深まると、僕はいよいよ立っていられなくなって必死で窓辺の台についた手に力をこめた。

「我ながら、よく辛抱したと思うよ」

くす、と笑いながら桐生がゆるゆると腰を動かしてくる。

「……？」

何を言ってるんだ、と肩越しに振り返った僕の顎をもう片方の手で捕らえると桐生は、

「……お前の浴衣姿を見た瞬間、押し倒そうかと思った」

そう言い、無理な体勢から唇を重ねようとしてきた。

「……っ」

痛いほどに舌を絡められ、僕の雄がその刺激にまたびくんと脈打つのがわかる。

押し倒したかったのは——いや、されたかったのは、か——僕のほうだ、と伝えたかった

が、既に言葉を発することができるような状態ではなかった。自然と腰を彼へとぶつけるように動かしてしまいながら、僕は彼の絡めてくる舌を強く吸い、彼の抜き差しのピッチが、雄を扱《しご》かれるその手のスピードが速まるにつれ、あわせた唇の間から零《こぼ》れそうになる声を必死で飲み込み、堪えた。

やがて耐え切れず彼の手の中に己の精を吐き出してしまった僕は、彼も僕の後ろで達したのを知り、はあ、と大きく息を吐きながら脱力し、その場に崩れ落ちそうになった。

「……そろそろフィナーレかな」

そんな僕の身体を後ろから支えてくれた桐生が耳元に囁きかけてくる。そのとき初めて、僕は数知れぬほどの大輪の華が次々と夜空を染めていたということに気づいた。

ぼんやりとその美しい光景を眺め、ぱんぱんと遅れて聞こえるその音と、隣の部屋で上がっていた歓声に、僕は今更のように耳を傾けたのだった。

「お疲れ」

結局あのあと——桐生の部屋で身体を重ねたあと、僕は客の前には出ることができなかった。乱れた浴衣を着付け直すことができなかったからだ。気分が悪くなった、というい

訳？　に客達は納得しただろうが、滝来氏は見抜いていただろうなあ、と密《ひそ》かに溜め息をつきつつ、全ての客とスタッフを見送り、部屋に戻ってきた桐生を見返した。

「……任務をまっとうできなかった」

恨《うら》みがましく見上げる僕に、

「任務って何だよ」

桐生は楽しげな笑い声を上げながら近づいてくると、僕の頭を抱き寄せた。

「浴衣、お前にやるってさ」

くす、と笑って桐生は僕を見下ろし、唇を塞いだ。

「……桐生には？」

「俺はいらん」

言いながら桐生は邪魔そうに帯を解《ほど》き始めた。

「……貰って欲しいな」

僕も今更のように自分で帯を解きながら、小さな声でそう告げる。着崩れた浴衣を一度肩で着直した僕の背後に回ると、

「何故？」

桐生は僕の肩から浴衣を剝ぎ取り、囁いてきた。

「…………」

欲情するほど素敵だったから、と言ったら桐生はどんな顔をするだろう。

「……なんだよ」

くす、と笑ってしまった僕の裸の背を抱き締め、桐生が僕の耳朶を噛《か》む。

「……来年……一緒に見るために」

背中に桐生のざらりとした浴衣の生地が触れ、語尾が震えてしまった。

「自分じゃ着られないだろうに」

桐生は笑いながら僕の胸を掌で擦《こす》り上げると、ふと真剣な声音《こわね》になり、一言僕にこう告げた。

「……来年は二人だ」

しゅる、という音がして、桐生が浴衣を脱ぎ捨てたのが部屋の窓に映って見えた。

うん、と頷いた僕の顔も窓ガラスに映っている。彼の裸体を見つめる僕の目に灯《とも》る欲情の焔までもが映って見える気がして、僕は思わずそんな自分の顔から目を逸らせた。

「……隣に人がいると思うと興奮したけどな」

「馬鹿」

わざとふざけてそんなことを囁いてきた彼の方を振り返り、唇を唇で塞ぐ。目を閉じた僕の瞼《まぶた》の裏に、大輪の光の華が開いた。

the southern cross ～南十字星～

1

南の楽園、タヒチ——まさかこの地にこうして桐生と二人立つ日がくるなんて、我ながら信じられない思いがする。

「こっちだ」

乗り継ぎのAIRの表示を目ざとく見つけた桐生が僕の背を促す。これから僕たちは小型ジェットでパペーテからボラボラ島へと渡ることになっていた。旅程は六日間、殆どボラボラ島で『何もしない』休日を過ごす、ということくらいしか決まってない。

日曜日は桐生の会社の海外のVIPを招いて東京湾の花火を見、次の日出社して慌しく引き継ぎをし——本来僕がやるべきVIPのアテンドを頼むことになった秋山《あきやま》先輩には、予想どおりきっちり嫌味を言われてしまったが、最後は『気にせずヴァカンスを楽しんで来い』と僕の背中を叩いてくれた——なんやかんやで深夜近い時間に帰宅したあと、急いで荷物を詰め、と桐生とは比べものにはならないだろうが、出発までの日程を僕なりにハードに過ごしてきたため、旅行先であるタヒチの知識を詰め込む暇《ひま》がなかったのだ。

飛行機の中で見ようと思っていたガイドブックも開くことなく、成田からの十一時間をほぼ寝通してしまい、『タヒチに来た』という実感を今ひとつ持てぬままに僕はここ、パペーテの空港に降り立ったのだった。

日本を発《た》つとき、丁度お盆休みと重なっていたために、成田空港も、飛行機もひどく混雑していた。かなり高額だと思われるビジネスクラスまで満席だったのには驚いたが、その大半がカップル――新婚、というよりはやや年輩の、金銭的に余裕の出てきたくらいの夫婦連れが多かった――というのは予測どおりだった。

機内に女の子の二人連れはちらほらいたが、男二人というのはさすがに僕たちだけのようで、スチュワーデスにも「ご出張ですか？」と尋ねられる始末だった。予約したホテルでも「ツイン」と言うとさぞかしヘンな顔をされるだろうなあ、と僕が言うと、

「今更何を」

と桐生は笑い、第一泊まるのはツインじゃなくて水上コテージだ、と教えてくれた。

「水上コテージって……」

もっとカップル仕様じゃないか、と僕はよくパンフレットの写真で見る、海の上のいかにもカップルに好まれそうなロマンティックな建物を思い出しながら、思わず溜め息をついた。

「なんだ、不満か？」

桐生が眉間《みけん》に微《かす》かに縦皺《たてじわ》を刻み、じろりと僕を睨む。

「そういうわけじゃないんだ」

よく考えたら――いや、考えなくても、今回の旅行は何から何まで桐生がセッティングしてくれたのだ。それに文句をつけるつもりは勿論《もちろん》ないし、それ以上に桐生を不愉快にするつもりも毛頭なかった。慌てて言い繕おうとした僕をちらと一瞥《いちべつ》したあと桐生は、

「まあいいけどな」

と不機嫌な口調のままにそう言ったきり、シートに身体を埋めて目を閉じてしまった。

「ごめん……」

僕の謝罪にも桐生の目は開かない。彼の立腹ももっともだと思うのだが、僕は彼ほど世間の目を気にせず生きるところまでふっきれていない、というのもまた事実なのだった。

「悪かったよ」

もう一度小さな声で謝ってみたが、桐生は無言で僕に背を向けるように寝返りを打っただけだった。しまったな、と思いながらも昨夜の夜更かしのおかげで僕もそのままシートで眠り込み、パペーテ到着の頃に桐生に揺り起されるまで、一度も目を覚まさなかった。

「よくそれだけ寝られるな」

まもなく着くぞ、と、僕を起こしてくれながら、呆れたように笑った桐生の機嫌は既に直っているようだった。

「……まだ寝られる」

フルフラットのシートが心地よかったためでもあるが、日頃の睡眠不足が僕を爆睡させた

に違いなかった。睡眠不足――最近のハードスケジュールに加え、桐生と一緒に住み始めてからはとても人には言えない理由で、僕の睡眠時間は今までに比べ激減していた。

『激減』などというと、オーバーな、と桐生はまた眉を顰めるだろうが、彼が僕の睡眠不足に一役買っているのは間違いなく事実だ。僕たちは本当に飽きることなく毎夜のように抱き合った。余程どちらかが疲れきっているとか、泥酔《でいすい》しているとか――ほとんどその主語は『僕が』ということになるのだけれど――というとき以外には、まるで日課のように僕たちは桐生のキングサイズのベッドで互いを求め合った。

翌朝、桐生は昨夜の疲れなど微塵《みじん》も見せず、早々に起き出して出社する。僕は寮時代よりも会社に近くなったのをいいことに、そんな彼を見送ったあともう一度寝てしまったりもするのだけれど、それでも平均すると睡眠時間は以前よりかなり減ってしまっていた。

またそんなことを桐生に言えば『共同責任だろう』と正論でやり込められてしまうだろう。実際、彼からは別に行為を強要されたことなどなかったし――行為の途中で僕が音を上げても尚攻め立てられることは、ままあったけれど――僕自身が、行為のあとの心地よい疲労感を感じながら彼の胸の中でまどろむ時間に何より幸せを感じているのだから、そこに何も問題はないのだけれど、今、折角の機内食を食べそこなったのは勿体《もったい》ないといえば勿体なかった。

「五日間、寝たいだけ寝ればいい。そのためのヴァカンスだからな」

くす、と笑いながら桐生は、僕が膝《ひざ》にかけていた毛布の中にさりげなく手を差し入れ、僕の手を握った。やけにどきりとしてしまったのは、その手が思いのほか温かかったからと、僕を見つめる彼の眼差しが、眩《まぶ》しさに目を細めていたからかもしれないけれど、いつもより柔《やわ》らかく感じてしまったからだ。

「……うん」

頷きながら、僕はおずおずと彼の手を握り返した。桐生がそれに気づいて更に力強く僕の手を握ってくる。ふと周囲が気になって、僕は少し頭を起こし、周りの座席を見回した。と、桐生は苦笑するように笑って僕の手を離し、すっとその手を毛布から引き抜いてしまった。

彼の手の温《ぬく》もりを失った右手が寂しい。僕の脳裏《のうり》に先ほどの口論——というほどでもない、単に一方的に僕が彼を怒らせてしまっただけなのだが——が蘇《よみがえ》った。どうしても人目を気にせずにはいられない自分の意気地のなさに愛想をつかしながらも思わず、

「ごめん」

と彼に頭を下げると、

「いいさ」

桐生は笑って前を向いた。そろそろ空港が近いのか、シートベルトの着用を促すアナウンスが機内に響いている。

僕は毛布からそっと手を出すと、隣に座る桐生の手を——握った。

「…………」

桐生が驚いたような顔で僕の方を振り返る。

「……皆、人のことなんて構ってられないみたいだ」

言い訳のようにそう言いながらも、頬に血が上っていくのがわかった。

「無理するなよ」

桐生は苦笑しぎゅっと僕の手を握り直したあと、ほら、とその手を僕の膝へと戻そうとした。が、僕は彼の手を握ったまま、自分の手ごと毛布を捲って中へと導いた。

「……誘うなよ」

ふざけたように言いながらも桐生は毛布の中で僕の手を更に強い力で握ってくれる。

「……ヴァカンスだもんな」

そう――折角の彼とのヴァカンスなのだ。人目を気にして互いに気まずい思いをするなんて馬鹿馬鹿しいじゃないか。

彼の手を握り返しながら僕が笑うと、桐生も「そうだな」と目を細めて微笑んだ。飛行機が下降していく重力を身体に感じながら、僕はこれから過ごす彼との五日間への期待に胸を膨らませ、再びぎゅっと彼の手を握り締めたのだった。

ボラボラ島への、プロペラ機のような小さな飛行機の旅は快適からは程遠かったが、眼下に広がる南太平洋の美しさには目を奪われた。

タヒチ――生まれて初めて訪れるこの地に関する知識を、僕はほとんど持っていない。先週残業のあとにいつものように課内で飲みに行った際、僕の夏休みの話題になったのだが、そのとき仕入れた話が僕のタヒチ情報の全てと言っても過言ではなかった。

「タヒチはいいぞぅ」

野島《のじま》課長は五年前に行ったことがあるそうで、泊まるなら絶対水上コテージがいいとか、ボラボラ島なら自転車で一周してみるといいとか、レストランはここがお勧めとかを僕に伝授してくれた。

「なんてったって雰囲気がいい。タヒチの人は皆、いい人だよ」

大真面目な顔をしてそう言う課長に向かって僕たちは口々に、

「なんで『いい人』ってわかるんですか？」

「観光客相手だから愛想がいいんじゃないですか？」

とツッコミを入れたのだったが、課長は、チッチッチッと舌を鳴らして立てた指を振ると、

「俺も最初聞いたときは、うそつけ、と思ったもんだが、本当にいい人ばかりなんだよ。こればっかりは行ってみないとわからないだろうなあ」

そう笑って僕たちを見返した。

「長瀬も行けばわかる。絶対リピーターになるよ」

その野島課長の言葉が嘘でないことは、到着して間もなくのうちにわかった。

入国審査でも、空港でも、ボラボラ島に到着したあとホテルに行くのに乗ったタクシーでも、顔を合わせたタヒチの人たちは皆笑顔で、なおかつおしなべて感じがよかった。

なんというか、皆、笑顔や態度が温かいのだ。この地が「楽園」と称されるのは、恵まれたこの美しい自然のためだけではなく、この地に住む人々の雰囲気によるところも大きいのかもしれない。

訪れたばかりであるにもかかわらず、僕は野島課長の言う『いい人ばかり』という意見にすっかり納得してしまい、この『楽園』でのヴァカンスが楽しいものになるに違いないと確信していた。

タクシーの運転手は、僕たちが行き先を——宿泊するホテルの名を告げると、片言の英語で、

「ボラボラ島で一番のホテルだ。サーヴィスもロケーションも雰囲気も値段も」

と豪快に笑った。そうなんだ、と僕は、今頃になってガイドブックを開いてみた。確かにサーヴィス、雰囲気とも申し分ないが故に人気がありすぎて予約は困難、と書いてあった。

「よくとれたね」

このハイシーズンに、と囁くと「まあな」と桐生は微笑んだだけで、多分彼の美学に反するのだろう、敢《あ》えて自分の苦労を語ろうとはしなかった。

ホテルに到着するともうチェックインできるとのことで、僕たちは予約してある『水上コテージ』へとすぐ通された。案内してくれた女性は、男同士でこんなロマンティックな所に泊まる僕たちに対し、目の中にちらと興味深そうな色を浮かべたが、そのことに気づいて尚、僕がいつものように後ろめたくも不快にもならなかったのは彼女の笑顔のせいかもしれなかった。

「いつでもお好きなときに海に入れます。夜の海もロマンティックですよ」

コテージの中を簡単に説明してくれたあと彼女は、

「よいヴァカンスを」

と極上の笑顔を見せてくれ、フロントへと戻っていった。

「凄《すご》いな」

我ながら子供のようなはしゃぎっぷりで、僕は昔ながらの籐《とう》の家具が並ぶコテージの中を歩き回ったあと、張り出しているテラスへと出てみた。デッキチェアとテーブルが置かれたテラスの階段は海へとそのまま続いている。

「朝食はボートで運んでくれるらしい」

いつの間にか桐生もテラスに出てきていたらしい。すぐ後ろから聞こえた声に振り返ろうとした僕の身体を、彼が背後から抱き締めてきた。

「……本で見た通りだ」

照りつける陽光が眩しい。普段なら『こんなに明るいうちから』と彼の身体を押し退《の》けていただろう。が、目の前に広がる澄みきった青い海の色が、吹き寄せる心地よい風が、足元から響いてくる波の音が、いつになく僕を解放的な気持ちにさせたのか、小さくそう呟くと桐生の胸に身体を預けた。

「付け焼刃の知識だな」

さっき見たばっかりだろう、と桐生は笑い、僕を抱く手に力をこめる。顔だけ振り返り彼を見上げると、桐生の唇が落ちてきた。触れるようなキスしかできないこの体勢がもどかしくて、僕は身体を返すと彼の背に腕を回し、より深くくちづけようとその背をぎゅっと抱き締めた。

「……積極的だな」

くす、と笑いながらも桐生は僕の背を抱き締め返してくれ、再び唇で僕の唇を塞いだ。痛いほどに舌を吸われ歯列を舐られ、次第に立っていられなくなって僕は桐生のシャツの背を握り締めた。

桐生の片手が僕の背中から腰へと下りてゆき、僕の尻を摑むようにすると、そのまま自分の下肢へと引き寄せる。彼の雄の熱さを腹に感じ、益々己が昂まるのを抑えられずに僕が彼に縋《すが》りついたそのとき、ドアがノックされる音が響いてきて、テラスでの抱擁《ほうよう》はここでお開きになった。

「荷物か」

名残惜しそうに桐生は僕の唇に軽いキスを落とすと、ベルボーイにドアを開いてやるために部屋の中へと入っていった。僕はやたらと紅潮している頬に、その熱を冷まそうと手を押し当てたが、いつしかその指先は彼の唇の感触を追うかのように唇の上を這っていた。

桐生がベルボーイにチップを渡している。僕がテラスから室内へと入ってゆくと、大柄のタヒチの若者は桐生に礼を言いながら僕の方ににこりと笑いかけ、会釈をして出て行った。

「さて、荷物も来たし、これからどうする？」

そう振り返ろうとした桐生の背を僕は抱き締め、自分の熱い頬を押し当てた。

「……なんだ？」

くす、と笑いながら桐生は強引に身体を返すと逆に僕の背を抱き締め、額を合わせてくる。

そんな彼の背にしがみつき、くちづけをねだるために目を閉じた僕の耳に、

「折角だから泳ぐか？」

という、桐生の笑いを含んだ声が響いた。思わず目を開け、恨みがましく見上げた僕の顔が余程可笑《おか》しかったのか桐生は、

「冗談だ、冗談」

声を上げて笑ったかと思うと、羞恥のあまり彼の腕から逃れようとした僕の身体をしっかりと抱き直し、唇を重ねてきた。

「……泳ごうよ」

最後の負け惜しみで彼を睨むと、

「泳ぐか――ベッドの上で」

桐生はにやりと笑って強引に僕の唇を塞いだ。ベタだな、と悪態をつこうとしたことなどいつしか忘れ、彼との激しいキスにのめり込んでゆく。

ベッドの上で「泳ぎ」ながら、この南国の地でこうして彼と抱き合うことの幸せに改めて僕は酔いしれ、その力強い腕の中でいつも以上に乱れる自分を感じていた。

2

　結局夕食の時間まで、僕たちはベッドでの『水泳』に興じてしまった。夕食をホテルのレストランでとったあと僕は泥のように眠り込んでしまい、タヒチでの一日目はこうして何もせぬままに過ぎていった。

　翌朝、目が覚めたときに横に寝ているはずの桐生の姿がないことに気づいた。もう起きたのだろうか、と起き上がりかけた僕の耳に、テラスの方から桐生の声が響いてきた。話している内容まではわからないが、誰かと談笑しているらしい。誰と話しているんだろう、と僕がベッドで半身を起したとき、がちゃりと扉が開いて、桐生が部屋に入って来た。

「なんだ、起きたのか」

「……それなに？」

　僕が朝の挨拶《あいさつ》も忘れて彼に尋ねてしまったのは、部屋に入ってきた桐生が大きな盆を両手で持っていたからだ。盆の上にはフルーツやらトーストやら、ティーカップやらポットが乗っている。

「朝食」

見りゃわかるだろ、と桐生は盆を持ってベッドへと近づいてくると、それをベッドの上へと下ろした。

「昨日言ってたろ？　朝食はカヌーで運んでくれるサービスなんだ」

「そうか……」

そういえば案内してくれた女性がそんなことを言ってたな、と僕はようやく思い出し、置かれた盆を持ち上げようとした。ベッドで食べるのも行儀が悪いかと思ったからだ。

「なんだ、起きるのか？」

桐生が気づいて盆を持ち上げてくれながら、何を思い出したのか一人でくすりと笑った。

「？」

なに、と首を傾げると、桐生はらしくもなく、いや、と、くすぐったそうに笑ったあと、

「『奥様がまだお休みでしたら、ベッドに運んで差し上げたら』と言われたのさ」

そう言い、僕へと屈《かが》み込むと、軽く唇をあわせてきた。

「『奥様』って……」

誰だよ、と眉を顰めた僕の唇へと掠めるようなキスを落とし、

「どうする？『奥様』、お疲れならベッドで食べるか？」

桐生はぱちりと見惚れるようなウインクをして僕に尋ねた。

「いいよ、起きる」

「何ならら食べさせてやろうか？　『奥様』？」


「何なら食べさせてやろうか？　『奥様』？」

「もういいって」

桐生は余程『奥様』というニュアンスが気に入ったのか、結局ベッドの上で食べ始めた朝食の最中も、

「奥様、コーヒーのおかわりは？」

「奥様、今日のご予定は？」

と何かというと『奥様』を連発し、僕が嫌そうな顔をするのを面白がっていた。あまりにしつこいので、食事が終わった頃に、

「僕が『奥様』なら桐生はなんだ？」

と尋ねてやると、

「そりゃ『旦那様』だろう」

盆をサイドテーブルに戻しながら桐生はふざけた調子でそう答えた。

「じゃ、『旦那様』」

こうなったら、と僕も悪乗りし、桐生に向かって両手を伸ばした。

「起こして」

「仕方のない『奥様』だ」

僕以上に悪乗りしている桐生は、僕の両脇へと手を差し入れ、そのまま僕を抱き上げた。

「冗談だよ」

慌てて彼の腕から逃れようとしたが、桐生がそのままバスルームへと歩き始めたので、僕はバランスを失い落ちそうになり、思わず彼の首に縋り付いた。

「朝から誘うなよ」

くすりと桐生が笑い、僕の裸の肩に唇を落とす。ベッドでそのまま食事になってしまったので、僕はまだ服を身に着けていなかったのだ。

「誘ってないって」

下ろせよ、と顔を上げて桐生を見ると、彼にしては珍しく僕の言うことを聞き、その場に僕を下ろしてくれた。

「早くシャワー浴びてこい。出かけるぞ」

言いながら唇に軽くキスをし、桐生が僕に背を向ける。

「出かけるって？」

どこへ、とその背に問うと、桐生は肩越しに振り返り、ぱちりと片目を瞑《つぶ》ってみせた。

「どこへでも。御意《ぎょい》のままに」

「『御意のままに』って言われても……」

タヒチに関する知識のない僕には『行きたい場所』がすぐに思いつかない。どうしよう、とその場で考え込もうとした僕の方へと桐生は向き直ると、

「どうでもいいが、いつまでもそんな姿を目の前にしてる俺の気にもなってみろよ」

溜め息混じりにそう言い、僕へと近づいてきた。

「え？」

意味がわからず問い返した僕の背を抱き締め、桐生が僕の唇を塞ぐ。

「……ん……」

濃厚なキスに思わず彼の背にしがみつきそうになると、桐生は唇を離し、僕を見下ろしてにやりと笑った。

「折角タヒチに来たというのに、五日間コテージから出なかった……じゃ、お前も不本意だろう？」

「……まあね」

頷きながらも僕は、彼のシャツの背を改めてぎゅっと摑み直してしまう。

「……奥様のお望みは、ベッドにUターンか？」

二人の身体の間の僕自身を見下ろし、桐生が意地悪な微笑を浮かべ尋ねてきた。さっきのキスで『その気』になりかけたことがあからさまにわかる己の雄に気づかれた恥ずかしさに、これ以上それを見られまいと僕は更に強い力で彼の背にしがみついた。

「どうする？」

笑いを含んだ声で桐生が問いかけ、僕の背を抱く手に力をこめる。

「……出かけるのは午後からにしようよ」

暗に希望を伝えてはみたが、羞恥のあまり顔を上げることはできなかった。

「御意のままに」

桐生は笑ってまた僕の身体をその場で抱き上げると、わざとふざけてオーバーに溜め息をついてみせた。

「本当に仕方のない『奥様』だ」

「桐生が悪いんじゃないか」

「八つ当たりだな」

軽くかわされ、確かに八つ当たりかもしれない、と口を尖《とが》らせ黙った僕に、

「まあ、タヒチは逃げないさ」

焦ることはない、と桐生は笑うと、再び僕をベッドへと下ろし、更に濃厚なくちづけを落としてきたのだった。

『出かけるのは午後からにしよう』――その言葉通り、僕たちは昼食をホテルのレストランでとったあと、プライベートビーチへと出てみることにした。

考えてみたら昨日の午後ボラボラ島入りしたというのに、僕たちはビーチにすら出ていなかったのだ。折角タヒチまで来ているのに勿体ないような気がしてきてしまい、桐生にそう言うと、

「貧乏性だな」

『何もしない休日』もいいものだと桐生は苦笑し、行くぞ、と僕に向かって右手を差し出した。既に水着に着替え、パーカを羽織《はお》っていた彼は左手に文庫本を携えている。

「うん」

ビーチで読書か、とその本を目で追いながら僕は何も考えずに彼の手をとり——ごく自然に手を繋《つな》いでいることに今更のように気づいて、思わず桐生の顔を見上げてしまった。

「どうした?」

さあ、行こう、と手を引かれ、慌てて彼と一緒に歩きはじめる。恥ずかしい、という気持ちは不思議と起こらなかった。眩しい陽光の下、彼と肩を並べ、手を繋いで歩いているのは紛《まが》うかたなく現実であるはずなのに、まるでまだ夢の中にいるような錯覚に陥りそうになる。

僕は繋いでいないほうの手で自分の頬に触れてみた。自分が確かに今ここに存在しているという証がほしかったからだ。

「疲れたか?」

と、不意に桐生が足を止め、僕の顔を覗き込んできた。

「え？」

「急に黙り込むからさ」

桐生は僕の手に手を重ねるようにして僕の頰を包み込むと、近く顔を寄せ、下品なことを囁いてきた。

「それほどの無理はさせてないと思うが？」

「……無理しまくり」

「嘘をつけ」

桐生は笑うと、僕の頰に掠めるようなキスを落とし「行くぞ」と再びビーチへと向かって歩き始めた。目の前に青い海が開けてくる。美しい白い砂浜、ぽつぽつと開いているパラソル、談笑する碧眼《へきがん》の老夫婦——まさにヴァカンスに相応《ふさわ》しい楽園、タヒチの風景を目の前に僕は思わず立ち止まり暫《しば》し見惚れてしまっていた。

桐生が片手を上げると、ホテルの従業員らしい若者が走って来て、僕たちのためにデッキチェアとパラソルを用意してくれた。

「泳がないのか？」

チェアに座り本を開いた桐生に尋ねると、

「そのうちに」

と微笑み再び本に目を落としてしまった。

「ちょっと泳いでくる」

考えてみたら今年の夏の初泳ぎだ。こんなに綺麗な青い海が目の前に広がっているのに眺めているだけじゃ勿体ない、と僕はTシャツを脱ぎ捨て水着になってパラソルの下を飛び出そうとした。

「『無理しまくり』じゃなかったのか」

そんな僕の背中に桐生が意地悪く声をかけてくる。

「根が『貧乏性』なものでね」

目の前にこんなに綺麗な海があるのに泳がないではいられないんだと言うと、

「困った奥様だ」

桐生はくすりと笑って僕から海へと視線を移し、眩しそうに目を細めた。

「……まだ言うか」

新婚ごっこは終わったのかと思っていた。桐生の視線を追って僕も青い海へと目を向け、鮮やかに煌《きらめ》く白い波頭《はとう》を暫し無言で眺めた。

「行かないのか？」

物憂《ものう》げな桐生の声に僕は我に返り、彼へと視線を戻した。既に桐生はチェアで寛《くつろ》ぎ、開いた本を眺めている。

「……泳ごうよ」

こんなに美しい海に一人で入るのはそれこそ勿体ない――というのはあまりに『貧乏性』な発想だろうか。

また馬鹿にされるかな、と思いながらも僕は真っ直ぐに桐生へと右手を伸ばした。桐生の伏せられていた目線が僕の手へと向けられ、やがて僕の顔へと上ってくる。

「一緒に泳ぎたいんだ」

眩しげに細められた彼の瞳があまりに優しそうに見えたからだろうか。僕は思わず彼と目を合わせながら、ぼそりとそう呟いてしまっていた。

桐生は驚いたように少し目を見開いたあと、苦笑しながらその目を伏せた。その様子に、僕はいつになく自分が我《が》を通そうとしているという事実に改めて気づいた。

「ごめん、そんな、無理にってわけじゃないんだ」

慌てて今更の言い訳すると、じゃ、行ってくる、と出していた手を何気なく引っ込めようとして――その手を強い力で握ってきた桐生の顔を驚いて見返した。

「……雨でも降らなきゃいいけどな」

桐生は意味のわからないことを言って笑い、僕の手を軽く引くようにして立ち上がるとその場でパーカを脱ぎ捨てた。

「雨？」

ホテルの従業員らしき若者が僕たちの方へと駆けて来る。二人して海に入ると察し、荷物番をしにきてくれたらしい。

それにしてもこんなに天気がいいのに、何故雨の心配などしているのだろう、と桐生の前で首を傾げてみせると、桐生は僕の背に腕を回し、耳元に囁いてきた。

「お前が俺を誘うなんて、珍しいこともあるものだ、という意味さ」

「……そうかな」

更に首を傾げる僕に向かって桐生は、

「カラダではいつも誘ってくるけどな」

と、また品のないことを言ってくる。答えようがなくて無言で睨むと桐生は、

「目でも誘う」

と全く懲《こ》りずにそう言って笑った。

「……誘われてくれて有難《ありがと》う」

やけになって答えると、

「どういたしまして」

桐生は馬鹿丁寧に頭を下げてまた意地悪く笑ったが、不意にその目を眩しげに細め、僕を見下ろし、背中を抱く手に力をこめた。

「ま、タヒチまで来た甲斐《かい》があったというものさ」

「……うん」

こんなに美しい空の下、打ち寄せる波を、目に眩しい白い砂を、彼方《かなた》に見える水平線の青を、桐生と共に見ることができる、彼と共に感じることができる——まさに『タヒチまで来た甲斐』を僕はしみじみと噛み締め、彼の胸に身体を預けるようにして暫しその場に立ち尽くした。

「……泳ぐか」

僕を見下ろす桐生の眼差しはどこまでも優しい。

「泳ごう」

僕は頷いて彼から身体を離すと、再び彼に向かって右手を差し出した。

「あまり日に焼きすぎるなよ」

その手を取ってくれた桐生が、意味深な微笑を浮かべて僕を見る。

「？」

逆に彼に手を引かれるようにして波打ち際へと向かいながら僕が目で問うと、桐生はにやりと笑って、またも下品なことを言ってきた。

「夜が楽しめなくなるからな」

「……さっきからそんなことばっかり……おかしいぞ？」

呆れて彼を見返した僕に桐生は、

「ま、ヴァカンスだからな」

このくらいは見逃してくれ、と笑って僕の手を引き、青い海へと導いたのだった。

久々に海で泳いだりしたからだろうか、その日の夜も僕は夕食をとったあと早々に寝付いてしまい、目が覚めたのは翌朝、桐生がまたも朝食をカヌーから受け取ったあとだった。

「今日はどうする？」

昨日と同じくベッドで朝食をとりながら僕が尋ねると、

「そうだなあ」

桐生はコーヒーを注ぎながら少し考える素振りをした。

「……ビーチでのんびりするのでもいいけど」

彼の推奨する『何もしない休日』を堪能《たんのう》しようか、と顔を覗き込むと、

「『貧乏性』のお前には退屈だろう」

桐生はにやりと笑い、そんなことないよ、と口を尖らせた僕の目の前に、ほら、と淹れてくれたコーヒーを差し出した。

「有難う」

実は桐生が僕にコーヒーを淹れてくれるのは、そんなに珍しいことではない。昔から朝が

苦手な僕は、毎朝まさに『早朝』出勤する桐生に付き合って一応起きはするのだけれど、『起きた』だけでダイニングのテーブルに半分寝ぼけて座っているだけになってしまうのだが、そんな僕に桐生は「無理して起きることないだろう」と半分呆れ、半分労《いた》わりの視線を向けながら、自分も飲むからと毎朝のようにコーヒーを淹れてくれるのだ。

こだわりの強い桐生は忙しい朝でもインスタントで済ませることはなく、ちゃんとコーヒーメーカーで香り高いコーヒーを淹れてはくれるのだけれど、半分寝ながら飲んでいるので正直いって味の方はあまりよくわかっていない。

珍しく紅茶を淹れてくれたときがあったが、言われるまでそれが紅茶だということに少しも気づかなかった僕に、

「『朝が弱い』にも程がある」

と桐生は本気で呆れていたが、僕から言わせれば連日の深夜帰宅にもかかわらず、あんなに早朝から頭も身体もフル回転できる桐生の体力の方が人間離れしていると思う。

などと思いながら彼の淹れてくれたコーヒーを飲んでいると、

「まあ、午前中はビーチでのんびりして、昼飯がてら街に出てみるか」

『人間離れ』した桐生もヴァカンスの地では『人間』に戻るのか、それとも凡人の僕に合わせてくれているのか、そんな当たり前の提案をしてきた。

「いいね」

やはり僕は彼の言うように『貧乏性』なのだろう。折角タヒチまで来たのだから、少しは街中を歩いてみたいと実は思っていたのだ。

「ボラボラは自転車で一周できるくらいの小さな島なんだろ？」

野島課長に聞いた話を思い出して尋ねると桐生は、

「一周約三十キロだ」

と即答してくれたあと、僕の顔を覗き込んできた。

「奥様はサイクリングがお望みか？」

「自転車なんて何年も乗ってないなあ」

『奥様』呼ばわりにもすっかり慣れた、というわけではないのだが、嫌がれば嫌がるほど桐生が面白がって連呼することがわかってきたので、軽く流してやる。と、桐生がにやりと笑って僕を見た。

「たまには健康的にアウトドアでのスポーツというのもいいかもな」

「いつもインドア……いや、オンザベッドばかりだしね」

「言うじゃないか」

僕へと覆《おお》い被《かぶ》さってきた桐生が、僕の手からコーヒーカップを取り上げ、唇を塞いできた。また『オンザベッド』になる、と僕は慌てて身体を引いて彼の手からカップを取り上げると、なんだというように眉を顰めた彼に向かって、

「体力は残しておかないとね」

そう、クギをさしてやった。

「たった三十キロだろう？」

桐生は不満そうな顔をして、再び僕の手からカップを取り上げようとする。

「『奥様』は体力がないんだよ」

受けを狙ってそう言うと、

「オンザベッドではそうは見えんが？」

桐生も悪乗りして、カップを戻した盆をサイドテーブルへと乗せ、そのまま僕へと覆い被さってきた。

「……ゆるして」

ふざけて女言葉を使いシナを作って彼を見上げる。と、桐生はなんともいえない顔をして僕を見下ろしたあと、

「……どうしてお前はそうなんだ？」

溜め息まじりにそう言い、唇を落としてきた。

「え？」

なにが『そう』なんだと首を傾げ、僕は両手で彼の胸を押し上げたが、彼はそんな僕の抵抗を易々と封じると、

「誘いすぎだ」

と強引に唇を塞いできた。誘ってない、と反論しようにも濃厚な彼のキスの前には言葉を発することもできなくて、僕は彼の背に腕を回しながら、このままなし崩しに『オンザベッド』のスポーツへとなだれ込まなければいいのだが、と心の中で密かに溜め息をついたのだった。


「出かけるぞ」

僕の心配は杞憂《きゆう》に終わった。朝食後の『オンザベッド』のスポーツは軽いスキンシップ程度でお開きとなり、順番にシャワーを浴びたあと僕たちは計画どおり昼前までビーチでごろごろと『何もしない休日』を堪能した。それから昼食がてら街へ出ようとホテルで自転車を借り、二人してボラボラ島一周のサイクリングへと出かけようとしているところだ。

「流石《さすが》に暑いな」

正午近いために照り付ける日差しは肌を焦《こ》がすほどに強い。一度コテージに戻って冷蔵庫からミネラルウォーターを取り出し、それを持って出発することにした。

自転車に乗るのは本当に久し振りだった。ブレーキが甘いのが最初怖かったがそれにもすぐに慣れ、僕たちはホテルのコンシェルジュに聞いた道を快調に飛ばしていった。

吹きつける風が気持ちいい。道々で会うタヒチの人々の笑顔もまた気持ちよかった。

昼食をとった小さなレストランのマダムは僕たちが日本人とわかると、一生懸命自分の知っている日本語を思い出そうとしてくれたり、Tシャツの袖から覗く僕の腕が日に焼けて赤くなっているのに気づくと、痛くないかと心配してくれた上にタオルを冷たい水で冷やして持ってきてくれた。

「本当にタヒチの人はいい人ばかりだね」

店を出たあと、いつまでも僕たちを見送ってくれているマダムを振り返り桐生にそう言うと、

「そうだな」

桐生はいつもの皮肉な調子が少しも感じられない、柔らかな微笑みを浮かべて素直に頷き、彼もマダムの方を振り返ると彼女に向かって手を振った。

結構坂が多いこともあり、三十キロという距離は僕が考えていたよりもなかなかにハードだった。強い日差しを避けるように木陰《こかげ》を選んで自転車を走らせながら、次第にペダルを漕《こ》ぐ足が重くなってくるのを感じる。

「大丈夫か」

桐生はときどき僕を振り返り声をかけてくれたが、こんなに簡単にへばったと思われるの

も癪《しゃく》だと僕はヘンに意地を張ってしまって、その度に、

「大丈夫だよ」

と無理やり笑顔を作り答えていた。

もう半分くらいは来たのだろうか。やっぱり普段の運動不足がたたっているのだろう、身体を鍛えるために何かスポーツでもはじめようかな、などと思いながら必死で自転車を漕ぎ続けていた僕は、何時の間にか空が暗くなっているのに気づいた。夕立かな、と思っている間にもどんどん空は暗くなり、まずいな、と思う間もなく突然物凄い豪雨が僕たちに降りかかってきた。

「すごいな」

桐生は自転車を降りると、雨宿りのできそうな場所を捜し周囲を見回した。

「あの家の軒先《のきさき》を借りよう」

十メートルほど先に、多分何かの店なのではないだろうか、道沿いに明るい赤色の屋根の小さな家が見える。自転車を降り、駆けるようにしてその赤い屋根までたどり着くと、やはりそこは一般住宅ではなくパレオを売っている店らしかった。

ずぶぬれの僕たちが軒先に立つと、中から店の女主人が飛び出してきて、しきりに中で休むといい、と勧めてくれた。お言葉に甘えて店内に入ると彼女はタオルを貸してくれ、茶までご馳走《ちそう》してくれた。

「すぐにやむと思うわ」

ウインクをし、微笑むそのマダムは片言の英語しか話せないらしい。パレオを売っているのか、と尋ねると、そうだ、と答えたあと、やや自慢げに、ここにあるものは皆自分達が描いたのだ、と身振り手振りで教えてくれた。

「綺麗だね」

飾ってある美しい生地を見上げながら僕が桐生に言うと、

「記念に買うか？」

同じパレオを見上げていた桐生が、僕を見下ろし笑った。鮮やかな青色の地に同系色の青や白で南国の花々が描かれている。極彩色のパレオも勿論綺麗で目を奪われるのだけれど、僕はこの綺麗な青が気に入った。

「そうだね」

桐生もこの青が気に入ってくれたのだろうか、と彼を見ると、

「コテージから眺める海の色に似ているな」

彼は再びパレオを見上げ、独《ひと》り言のようにそう呟いた。そうか、だから僕もこの青に惹かれたのだ、と改めて気づき、僕は彼の横で天井から下がっているそのパレオを改めて見上げた。

「買おうよ」

二人して眺めたタヒチの海の記念に——。

この青い布を見るたびに、僕はこの旅行のことを思い出すだろう。彼と二人で訪れた楽園の地を。目覚めたときから眠りにつくまで一瞬たりとも僕を逃さぬこの幸福感を。桐生の優しい微笑を。彼と泳いだ海を——考えれば考えるほどに僕はこの青いパレオが欲しくなってしまい、

「買おうよ」

と同じ言葉を繰り返し、桐生の腕を摑んだ。桐生は無言で僕を見下ろし微笑んだあと、女主人の方を振り返り、これを買いたい、とフランス語で告げてくれた。

「それは私が描いたものだ」

気に入ってくれて嬉しい、とマダムはたいそう喜んでくれ、ついている値札から随分値引きをしてくれた。が、それでも手描きだからだろう、僕が考えた以上にその布は高額で、このままだとそんな高いものをねだってしまったことになると僕は慌てて桐生のシャツを摑んだ。

「これは僕が買うよ」

「どっちでもいいだろう」

既に財布から金を出していた桐生はそんな僕の言葉など聞かずにそのまま支払いを済ませ、マダムが袋に入れてくれたパレオを受け取ると「ほら」とそれを僕に渡して寄越《よこ》した。

「ごめん」

反射的に謝ってしまった僕に桐生は、

「何を謝る？」

そう首を傾げてみせたあと、僕の答えを待たずして、にやりと笑って僕を見た。

「楽しみだな」

「？」

その微笑はなんだ、と今度は僕が桐生に向かって首を傾げてみせる番だった。桐生は僕の全身をざっと見下ろしたあと、パレオ姿の女主人を振り返って笑ってみせた。

「いや、さぞ似合うだろうと思ってな」

「似合うって……」

つられて僕も彼女へと目をやりながら、もしかして、と慌てて桐生へと視線を戻す。

「……僕に着ろって？」

「違うのか？」

だから欲しがったんだろう、と当然のように尋ね返してくる彼は面白がっているようにしか見えない。

「……本気じゃないだろ？」

「さあ」

桐生はそう笑うと、「着方と脱がせ方のレクチャーを受けてくる」と女主人を振り返った。

「脱がせ方って」

呆れた僕の目の前で桐生はなにやら彼女に話し掛けていたが、よくよく内容を聞いてみるとどうやらホテルまでの道を確認のために尋ねているらしかった。

「もう三分の二は来ているらしい」

そろそろ雨も上がりそうだ、と微笑む彼を「脅かすなよ」と軽く睨むと、

「期待させて悪かったな」

桐生はにやりと笑って僕を見返した。

「…………」

まあいいけどね、と肩を竦め外を見ると、だんだんと空が明るくなってきている。

「今日もよく眠れそうだな」

夜になると死んだように眠っている僕を揶揄《やゆ》するように桐生は笑い、僕の肩を抱いてきた。

「……健康的だろ」

負け惜しみを言い彼を見上げると、桐生は「仰《おっしゃ》るとおり」と声を上げて笑いながら僕の肩を抱き直したのだった。

4

楽園での休日は、一日の時間の進みはゆったりしているのに、あっという間に日にちは過ぎ、もう今夜はボラボラ島での最後の夜になってしまった。明日、タヒチ島で一泊し、僕たちのヴァカンスは終わりを迎える。

「あっという間だったな」

夕食をとりながら僕が溜め息をつくと、桐生はワイングラスを傾け微笑んだだけで、なんのコメントも口にしなかった。

この四日間、朝から晩まで桐生と過ごした楽園の島での休日は、振り返ってみると夢でもみていたのではないかと思うくらいに、どの時間を切り取ってみても常に幸福感に満ちていて、再びあの雑多な東京に戻ることを思うと僕の口からは自然と溜め息が漏《も》れてしまう。

「……食事が終わったらビーチに出てみるか」

くす、と笑った桐生がそんな僕の顔を覗き込んできた。もしかしたら彼はそろそろ南国のバカンスに飽き、都会の喧騒《けんそう》を、緊張感あふれるビジネスの空気を懐かしく思い始めているのかもしれないな、と僕は感傷的な自分を恥ずかしく思いながら「うん」と頷き、自分もワイングラスを呷《あお》った。

食事のあと、桐生は約束どおり僕をホテルのプライベートビーチへと誘ってくれた。満天の星の下、聞こえるのは足もとに打ち寄せる波の音だけで、周囲には人影も見えない。

ワインを飲みすぎたのか、砂に足をとられてよろけた僕の腕を桐生が摑んで支えてくれ、それをきっかけに僕は酔っているのをいいことに、桐生の腕に自分の腕を絡め体重を彼に預けた。

「…………」

桐生はそんな僕を、何か言いたげにちらと見下ろしたが、僕が彼の腕をぎゅっと摑むと何も言わずにそのまま足を進めてくれた。灼熱《しゃくねつ》の太陽が翳《かげ》った浜辺を、吹き寄せる潮風の冷たさを心地よく感じながら僕たちは無言で歩き続けた。

「疲れたか?」

しばらくして桐生が足を止め、僕の顔を覗き込んできた。

「……いや……」

彼を見返そうと顔を上げたとき、彼の手が僕の頰へとかかったかと思うとその場で唇を塞がれた。長い間外にいたからだろうか、自分の頰が、唇が、冷たくなっていたのだということを、彼の手と唇の温かさでようやく自覚する。自然と抱き合う形になり、その背にしがみついてしまいながら、僕はなぜか泣きたいような気持ちになっていった。

桐生が唇を離そうとするのをその唇を追いかけて制し、なおも強い力で彼のシャツの背をぎゅっと摑むと、桐生は苦笑するように笑って僕の頰を軽く叩いた。

「……欲情したか？」

「……違うよ」

途端に一人で感傷に耽《ふけ》っていたのが馬鹿馬鹿しくなってきて、僕は彼を睨むと預けていた身体を離し、一人で海辺を歩き始めた。

「冗談だ」

桐生は笑いながら僕の背後に近づいてくると、後ろから僕を抱き締めてきた。

「離せよ」

抗うように身体を捩ると、桐生は僕の身体を抱き締め、耳元で囁いた。

「本当に降るような星空だな」

「…………」

彼の言葉に僕は抗うのをやめ、彼も見ているであろう星空を見上げる。真っ黒の海に白い波頭がところどころに浮かんで見える。地上と違い、遠く水平線が海と空を分けるそのぎりぎりまで、空にはそれこそ数え切れぬほどの星々があふれていた。

「あ」

僕が思わず声を上げてしまったのは、目の前をすうっとひとつの星が尾を引いて流れていったからだ。

「……こんなに空気が澄んでいると、流星もよく見えるな」

桐生も同じ流れ星を見たのだろうか、と、僕は半身を返して彼を見上げた。

「ほら、あれが南十字星」

目を細めるようにして微笑んだ桐生が、僕を抱きしめていた手を斜め上へと伸ばし、空を示してみせた。

「どれ？」

そういえば折角南半球に来たというのに、四日間、かの星を見ようとしたことはなかった。

慌ててまた星空へと視線を戻した僕の仕草《しぐさ》が滑稽に見えたのか、桐生はくすりと笑うと耳に口を寄せ、指でその場所を示しながら十字を切ってみせた。

「ほら、あそこに十字を描いている大きな星が見えるだろう？」

「ああ」

確かに大きな四つの星が十字を描いているのが見える。あれが南十字星か、と納得しかけた僕に、

「あの隣に、もう少し小さな十字が見えないか？」

桐生は少し指を右へと移動させ、小さな十字を切った。

「え？　あれじゃないの？」

『南十字星』というくらいだからあのくらい派手なものだと思っていた僕が驚いて彼を振り返ると、桐生は、「皆、間違えるのさ」と笑って僕の身体を抱き直し、

「もう少し小さな……ほら、丁度あの右下に見えないか？」

指を空へと向け、頬を合わせるようにして再び囁いてきた。

「……あれかな」

確かに大きな十字の右下に、明るさも大きさも一回り小さな四つの星が見える。それを指差すと、

「そう、それ」

桐生は笑いを含んだ声で答えてくれ、星を指差した僕の手を握り締めると、後ろから顔を覗き込んできた。

「南十字星か……」

「また来よう」

呟く僕の声に重ねて、桐生が囁いてくる。

「え？」

聞き直すために身体を返した僕の背を抱きしめながら、桐生は再び僕に力強く囁いた。

「また来よう……来年」

「桐生……」

瞼の奥がまた熱くなる。声が震えそうになるのを隠し、僕は彼の名を囁くとその胸に顔を埋めた。

「来年も再来年も……タヒチじゃなくてもいい。必ず二人でヴァカンスに出かけよう」

僕の髪を桐生の細い指が優しく梳《す》いてくれる、その感触にますます僕は胸を熱くし、無言で彼の背を抱き締め返した。

「……返事は？」

桐生が僕の背を抱き締め、耳元で囁く。

「……行こう」

頷いた途端、僕の目から涙が零れ落ち、彼のシャツを濡らした。桐生が気づいて驚いたようにそんな僕の顔を覗き込んでくる。

泣き顔を見られたくなくて僕は彼の視線を避け再びその胸に顔を伏せたが、桐生はそんな僕の両頬を両手で挟むと僕に顔を上げさせた。

「泣くな」

彼の唇が僕の瞼に、頬に優しく落とされてゆく。

「行こう……行きたいよ……」

言いながら、僕はまた堪えきれずに涙を零してしまっていた。

涙は尽きることを知らないように僕の目から流れ続け、やがて嗚咽《おえつ》の声すら漏らし始めてしまった僕の背を、桐生はやれやれと溜め息をつきながらもいつまでも抱き締めてくれ、こめかみや頬や額に何度も何度も優しくくちづけてくれたのだった。

それから彼に背を抱えられるようにしてコテージへと戻ってきた僕は、泣きすぎてぼうっとしてしまった頭を醒《さ》まそうと一人テラスに出た。

デッキチェアに座り、目の前に開ける黒い海を、満天の星をまた見上げる。あれが南十字星だったな、と大きな十字の傍らにひっそりと光る一回り小さな十字の星を見上げていた僕は、背後でこのテラスへと出るガラス戸が閉まる音を聞き、身体を起こしかけた。

「……寝ないのか？」

桐生がデッキチェアの背に手をかけて僕の顔を覗き込み、軽く唇を合わせてきた。

「……勿体なくて……」

今日がこの水上コテージで過ごす最後の日かと思うと、今まで毎晩早寝をしてきたのが本当に勿体ない気がしていた。どこまでも貧乏性な僕の言葉に、桐生は呆れた笑い声を上げたが、やがて僕に屈《かが》み込むと、

「また来ると約束しただろう」

そう言い、再び唇を合わせてきた。

触れるくらいのキスがやがて深いくちづけへとかわってゆく。桐生の体重を受けチェアがぎしりと軋《きし》んだ音をたてた。

「……ん……っ」

桐生の手が僕のTシャツの中へと滑り込み、身体を撫でるようにしながらそれを剝ぎ取ってゆくのに両手をあげて手を貸した。彼の唇が僕の首筋を通るのに何故か酷く昂まってきてしまい、僕は彼の首に裸の腕でしがみついた。桐生は僕の手を後ろ手で摑むと自分の背中へと回させ、そのまま唇を僕の胸へと這わせてくる。

「……やっ……」

胸の突起を舌先で転がされ、僕はチェアの上で身体を捩った。既に彼の手で剝き出しにされた下肢が疼《うず》く。それを見越したように桐生の右手が僕を包み、先端を指で擦りはじめた。自然と立てた膝が外側へと開いてしまう。僕がそれに気づき羞恥から脚を閉じようとしたのと、桐生が僕の胸から顔を上げたのが同時だった。

「恥ずかしがることはない」

くす、と笑い、桐生がさらに大きく僕の脚を開かせたかと思うとその間に身体を割り込ませてきた。両膝の裏を持たれ、解剖されるカエルのような姿勢を取らされていることがまた恥ずかしく、恨みがましい目を彼へと向ける。

「……いい眺めだな」

またもくすりと笑いながら桐生は僕の脚を持ったまま、僕の上へと伸《の》し掛かってくると唇を唇で塞いだ。着衣のままの彼の腹に僕自身が擦れ、抑えられない声が合わせた唇から漏れてしまう。辛《つら》い体勢が何故か僕の昂まりを更に煽《あお》り、いつしか僕は彼の背に回した腕を解き、彼のシャツのボタンを上から外しはじめていた。

桐生は唇を重ねたまま、まるでわざとのように僕に身体を重ね、僕自身を互いの身体の間で擦り上げてゆく。気が散ってしまってなかなか彼のボタンが外せないのについつい苛《いら》立《だ》ちの眼差しを彼へと向けたとき、僕を見下ろしていた桐生と目が合ってしまった。途端に桐生は吹き出し、

「なんて顔してるんだ」

僕の脚を離すと彼のシャツにかかった僕の手を掴んだ。

「……『なんて顔』？」

「淫《みだ》らで……そそる顔」

くすくす笑いながら桐生は僕の手を離すと自らシャツのボタンを外し、あっという間に全裸になって再び僕へと覆いかぶさってきた。

「そんな顔で誘ったんだ。責任は取ってもらわないとな」

僕を握り込み、囁いてくる彼の雄も既に熱い。

「……こんな顔させた責任もとってよ」

「言ったな」

笑いながら桐生が僕にかみつくようなキスをしてきた。そんな彼の背を両手両脚でぎゅっと抱き締める。薄く目を開くと、桐生が一瞬驚いたような顔をしたのが見えたが、やがて目を細めて微笑むと、僕の背を強く抱き直した。

浮いた僕の後ろへと片手を這わせ、彼を待ち侘《わ》びるそこへと指を差し入れる。入り口を解《ほぐ》すその間も待てない僕が彼に腰を摺《す》り寄せる、その動きを受けて二人の身体の間で彼の雄がびくんと大きく脈打つのを感じた。

その感触に更に昂まる自身を抑えられず、僕はさらに強い力で彼の背にしがみついてしまいながら、滾《たぎ》る自身の熱さを満たしてくれる彼を待ち侘び、離れかけた彼の唇を唇で塞いだのだった。


行為のあと、僕は気だるい身体を桐生の胸に預けてぼんやりと、部屋の明かりを受けて光る波を見つめていた。

桐生は時折僕の髪に唇を落とし、達したばかりで敏感になっている僕の裸の胸を、下肢を、思い出したように撫で上げる。その度にびくん、と身体を震わせる僕を美しい瞳を細めて見下ろし微笑んでくる彼に僕も微笑みを返し、僕たち二人はいつまでもきらきらと光る海面を見つめていた。

「……冷えてきたな」

寝ようか、と桐生が僕の耳元で囁いたとき、既に彼の腕の中でうつらうつらしていた僕は、

「……うん」

と顔を上げ、再び光る波に、そして空に輝く満天の星へと目をやった。

「どうした？」

彼から身体を起こしたまま動かなくなってしまった僕の顔を覗き込み、桐生が囁いてくる。

「……泳ごう」

そう言うと僕は、驚いた彼が腕を掴もうとするのを振り切り、そのまま立ち上がって海面に続いている階段を駆け下りると、パシャ、と海へと飛び込んだ。

「長瀬？」

珍しく慌てた声を上げた桐生が、階段へと駆け寄ってくる。

「……冷たい」

思ったより海の水は冷たくて、そう言う声が震えてしまった。

「……早く上がって来い」

呆れたように言いながら、桐生が僕へと手を伸ばしてくる。

「……最後にもうひと泳ぎしたいんだ」

彼に向かって叫んだ言葉の半分は真実を語っていたが半分は嘘だった。もうこの地ともお別れなのだ、というセンチメンタルな想いから涙を流してしまいそうになった、それを彼に気づかれたくなかったのだ。

自分でも本当に馬鹿げていると思う。来年も来ようと彼は言ってくれているのに、この四日間が幸福すぎたからだろうか、この地を去ると考えるだけでやるせない気持ちになってしまう自身の感情を、僕はどうにも抑えることができなかった。

そんな馬鹿馬鹿しい思いを醒まそうと——少しでも頭を冷やそうと僕は海中で身体を伸ばし、彼に言ったとおり「最後のひと泳ぎ」をしはじめた。

「……仕方のない奥様だ」

桐生はそんな僕を見下ろし溜め息をついたあと、コテージの中へと引き返してバスタオルを持ってきてくれた。

「気が済んだか」

再び伸ばしてくれた彼の手につかまり、僕は海から上がると彼の広げてくれたタオルに包まった。寒さのあまりカチカチと歯を鳴らしている僕をタオル越しに抱き上げ、桐生が顔を見下ろし笑う。

「お転婆《てんば》だな」

『お転婆』とか『奥様』とか、未《いま》だに言い続ける彼に僕は思わず、震える声でクレームをつけた。

「……東京に帰ったら『奥様』は勘弁《かんべん》してくれよ」

「マイブームなんだが」

桐生は笑いながらそんな僕の唇を塞ぐと、

「奥様、バスルームまでお運びしましょう」

わざとらしくも勿体ぶった口調でそう言い頭を下げた。

「桐生！」

彼を睨んだ僕を見て桐生はまた楽しそうに笑うと、言葉どおりに僕をバスルームへと運んでくれたのだった。


桐生の『マイブーム』は帰国しても暫く思い出したようにその口から発せられたが、『奥様』という言葉を聞くたびに僕の胸にはあのタヒチの青い海が蘇り、懐かしい気持ちにさせられた。

帰国後一度だけ彼の前で身につけて見せたあの青いパレオは、今は僕たちの寝室の壁に飾られている。

『来年も再来年も――』

一人、深夜まで戻らぬ彼を待っているとき、その青い布を見上げるたびに僕はあの南の楽園で彼が囁いてくれた言葉を思い出す。

南十字星の下で囁かれたあの言葉を、二人で眺めたあのタヒチの海を、空を、この先僕は一生忘れることはないだろう。同時に僕の胸に切なる願いが込み上げてくる。

来年も再来年も――未来永劫《みらいえいごう》、彼と思い出を共に築いていきたい、と。

脆弱

『ここで暮らしても……いいかな』

昇る朝陽《あさひ》に照らされ、白皙《はくせき》の頬がオレンジ色に輝いていた。細いがしっかりした声音で彼がその言葉を告げたのを聞いた瞬間、俺は得難いものを得――同時に大切なものを失った。


「あっ……」

耐えきれぬような声を上げ、白い裸体がシーツの上で跳《は》ね上がる。薄らと汗ばみ薄桃色に色づく肌――身体の内で燃え盛る欲情の焔を映し出したような美しいその色に、腰の律動はそのままに暫し見惚れてしまう。

「やっ……あっ……あっ……」

壊れた機械仕掛けの人形のように、彼の脚が俺の肩で跳ね上がる。腰を不自然なほど高く上げさせた体勢に眉を顰めながらも、俺の動きにあわせて彼は腰を揺らしてくる。

「やぁっ……あっ……あっあっ……」

いやいやをするように首を横に振るのは、絶頂を迎える直前の彼の癖《くせ》だった。自覚はしていないらしい。一度揶揄してやったときに、ぽかんとした顔で俺を見返してきたことから、そうと知れた。

顰められた美しい眉。微かに開いた空《うつ》ろな瞳――長い睫《まつげ》に縁取られたその黒い瞳の輝きに、俺の劣情はこれ以上ないほどに昂められてゆく。

「ああっ……あっ……あっ……あっあっあっ」

悲鳴のような声を上げた彼の脚がまた跳ね上がる。泣き出しそうに歪んだ顔――造作が整いすぎているためか、はたまたその慎《つつ》ましやかな性格のためか、普段あまり感情が面《おもて》にあらわれぬ彼の顔がこうして快楽に歪むとき、壮絶な色香が溢《あふ》れ出し俺の目を釘《くぎ》付けにする。

えもいわれぬ淫蕩《いんとう》さ――この顔を他の誰にも見せるものかという、さもしき独占欲が俺の行為を乱暴にし、彼への突き上げを速めてゆく。

「やぁっ……あっ……ああっ……あーっ……」

既に意識を飛ばしつつある彼が、一段と高く声をあげて達し、白いその腹に、胸に、己の精を撒《ま》き散らした。

「……っ」

途端に俺を咥《くわ》え込んでいたそこが激しく収縮し、中の雄を締め上げる。自身で抑制できぬほどに激しくそこがひくつくのに恐れを抱いたのか、彼は朦朧《もうろう》とした意識の中で救いを求めるような眼差しを俺へと向けてきた。

「……どうした」

低く囁きかけたとき、またひくひくと彼の後ろが収縮し、萎《な》えた俺を締め上げた。

「あ……っ」

意識を超えたところで蠢《うごめ》き続ける自身の身体に彼の戸惑いは益々高まるようで、両手両脚で俺にしがみついてくる。

「……いい子だ」

その背を抱きしめ耳元で囁いてやると、ようやく彼は安心したように大きく息を吐き出した。合わせた胸から早鐘《はやがね》のような彼の鼓動《こどう》が伝わってくる。無茶《むちゃ》をさせてしまったかなという一抹《いちまつ》の反省を胸に、俺はそこがひくつくたびにびくりと身体を震わせしがみついてくる華奢《きゃしゃ》な背中を抱き締め返し、閉じられた瞼に、頬に、額に、髪に、数限りなくくちづけを落とし続けた。

やがて彼の胸の鼓動は緩やかになり、息苦しく感じているのではないかと案じられた息遣いは、安らかな寝息へとかわってゆく。目を閉じているために普段より幼く見える白い小さな顔をしばし見下ろしたあと、起こさぬように気をつけながら未だ背に回っていた彼の両手を解かせて身体をシーツに横たえ、俺は一人ベッドを降りた。

そっと寝室を抜け出し、エビアンを求めて冷蔵庫に向かう。彼も喉《のど》が渇《かわ》いただろうと、もう一本取り出し再び寝室に引き返そうとしたとき、カーテンを閉め忘れたリビングの窓から見えるウォーターフロントの夜景に気づき、ふと足を止めた。

月明かりに照らされる窓際のソファに引き寄せられるようにして近寄り、腰を下ろして外を見る。

『ここで暮らしてもいいかな』

長瀬の口からこの言葉を聞いたのは、今からひと月ほど前のことになる。

関係のはじまりが己の強引な行為であったためだろう、彼とこうして心通い合う日がこようとは我ながら信じられない思いがする。

信じられない――なんと己に似つかわしくない言葉だと俺は苦笑し、手の中のエビアンを一気に呷った。

今まで欲しいと思ったものは何でも手に入れてきた。その労苦を人に語る野暮《やぼ》はしないが、それなりの努力も無茶もしてきた自負はある。元来俺は人にもモノにも執着するほうではないので『欲しいと思う』ものは目に見えぬ概念的なものが多かった。

地位であれ名誉であれ、それそのものが欲しいという意識はなかったが、人より抜きん出たいという己の欲望を満たすべく努力した結果、それらは俺の手の中に自然と転がり込んできた。

自らが切望したものではないからだろう、手にしたそれらのものに俺はなんら執着を覚えなかった。失せるものなら失せればよい。喪失《そうしつ》は俺にとっては少しも恐るるに足るものではなく、それらに捕らわれる者達に憐憫《れんびん》の情すら抱いていた。

そう、彼と出会う前までは――。

『執着』という言葉の本当の意味を彼は俺に教えてくれた。なんとしても手に入れたかった。陵辱《りょうじょく》という卑怯《ひきょう》な手で身体を弄る以外に、俺は彼に触れる手立てを思いつかなかった。

彼の身体は次第に俺との行為に馴染《なじ》んでいったが、思うがままに彼を喘《あえ》がせることはできても、彼の心は相も変わらず俺の手の届かないところにあった。

力で捻じ伏せたのだ、当たり前のことだろう――諦めていた俺に神は奇跡を起こしてくれた。彼の心が俺に寄り添い、俺を求めてくれているとわかったとき、俺は生まれてこのかた感じたことのないほどの喜びに身体を震わせたのだった。

そして――。

『ここで暮らしてもいいかな』

彼の言葉を聞いたその瞬間、俺はこの腕の中に比類なきほどに愛しい、大切なものを得――同じく大切なものを失った。『執着』を教えてくれた彼は、同じく俺に『喪失への恐怖』をも教えてくれたからである。

アイデンティティの崩壊とはこのことか――この俺が明日明後日、来月来年のことを思い、傍らに彼がいるかどうかを案じている。

自身の彼への思いに自信がないわけでは勿論なく、彼の俺への思いを疑っているわけでもない。が、ふとした瞬間、俺の胸に漠《ばく》とした不安が立ち上る。いつまでこの愛しき裸体を胸に抱き続けることができるのか、と。そしてそのたびに、俺はひどく落ち着かない思いに陥るのだ――この俺が！

ただ貪欲に前だけを見つめ、得たいものを得、失うにまかせていた潔いとも清清しいとも言える俺の生き方は、彼を手にしたと同時に失せた。得がたきものを得た代償に失ったモノ、否《いな》、この身を捕らえはじめたもの――喪失への恐れ、胸に逆巻く不安、そして――。

「桐生？」

不意に後ろから声をかけられ、はっとして振り返るとそこには、シャツ一枚羽織っただけの彼が寝ぼけたような顔で佇《たたず》んでいた。

「……ほら」

喉の渇きに起きだしたのか、と手にしたエビアンを差し出してやると、彼は俺の座るソファへと回りこんできて俺の隣に腰を下ろし、胸に顔を埋めてきた。

「どうした」

「……よかった」

やはり彼は寝ぼけているようだ。はあ、と小さく息を吐き出し、俺の胸で目を閉じる。あどけなくさえ見えるその顔を見下ろし、一体なにが『よかった』のだろうと、

「おい？」

とそっと問いかけると、半分寝ているような声で彼は――長瀬はぽつりとこう言った。

「いなくなってしまったのかと思って……」

「…………」

よかった、ともう一度同じ言葉を呟いた彼が、俺の胸に唇を押し当て、掌を這わせてくる。あたかも確たる存在を求めるように——失うことへの不安を消し去ろうとでもするかのように。

不意に俺の胸に抑えきれぬほどの彼への愛しさがこみ上げてきた。大切なものを失ったという己の思考があまりに馬鹿馬鹿しく思えてくる。

俺が得たのは『得難い』どころのものではない。何にも代え難い、それこそ代償に失うのが己の命であったとしても、少しも悔いなど覚えはしないほどに代え難い、愛しい身体を俺はそっと抱き寄せる。

「ん……」

抱きしめられた彼が俺の胸で、安堵《あんど》の微笑を浮かべている。

まさに至福のとき——魂が震えるほどの喜びとはこのことか、という己の思いのあまりの照れくささに、俺は思わず苦笑すると手にしたエビアンのボトルを彼の頬へと寄せてやった。

「冷た……」

びく、と身体を震わせ、彼が薄く目を開く。

「ベッドに戻ろう」

「うん」

頷きながらも再び俺の胸で安堵しきったように目を閉じた彼を、愛しき思いそのままにしっかりと抱き締めながら、俺は明けきらぬ東京湾の景色をいつまでも眺め続けた。

intermezzo 間奏曲

1

昨夜から桐生《きりゅう》の機嫌はひどく悪い。

原因はわかりきっていて、週末の僕のゴルフを面白くなく思っているからだ。前泊と聞いた途端、彼はその端正な眉《まゆ》を顰《ひそ》め不機嫌そうな声で問いかけてきた。

「どうして？」

「なにが、『どうして』？」

「なんでわざわざ前の日から泊まるんだ？」

朝から車で行けばいいじゃないか、という彼の言葉は正論なのだが、このゴルフは今度メキシコに駐在する田中《たなか》の送別ゴルフで、せっかくだから前日も田中の前途を祝してみんなで騒ごう、とゴルフ場のロッジに泊まることになっていたのだ。それを説明しても桐生は、

「ふうん」

と言うばかりで、不機嫌そうな表情を崩そうとはしなかった。外泊にいい顔しないだなんて新婚家庭じゃあるまいし、とも思ったが、勿論《もちろん》そう言って彼を茶化《ちゃか》してやろうなどという暴挙に僕が出られるわけもなく、仕方なく今回は正攻法でいくことにした。

「桐生」

名を呼ぶと、なんだ、というように横を向いていた彼の瞳だけが僕の方へと動いた。

「行ってもいいでしょうか」

許可を求めること自体、何かおかしいような気もするが、求めなきゃいけないような気もするのも事実で、僕は問いながら彼の視線を求め、顔を覗《のぞ》き込んだ。

「……駄目だ」

桐生はそんな僕から更に顔を背《そむ》けながらぼそりとそう呟《つぶや》いた。まさか駄目とは言うまい、という予測が裏切られたことで、僕は思わず、

「え？」

と大きな声を上げてしまったのだったが、桐生はそんな僕をじろりと睨《にら》むと、

「……と言ったら、行かないとでも？」

益々《ますます》不機嫌な顔で僕に尋ね返した。

「……行く、かな。やっぱり」

「じゃあ聞くな」

これこそ『取り付く島がない』という感じだ、と溜《た》め息をついた僕に桐生の腕が伸びてきて、そのまま抱きすくめられてしまった。

「桐生？」

無言で僕の肩に顔を埋《うず》め、僕に負けじとばかりに大きく溜め息をついた彼の名を呼んでみる。

「……面白くないな」

ぼそ、と呟いた声がよく聞き取れなくて、

「なに？」

と問い返そうとした途端、僕は床に押し倒されていた。したたかに背中を打ってしまった僕は、痛いよ、と抗議の声を上げようとしたが、彼の唇が落ちてきてその声を塞《ふさ》いだ。

「……ん……」

押し倒した手の乱暴さを裏切る優《やさ》しいキスに、僕は戸惑《とまど》いつつも彼の背に両手を回し、ぎゅっとシャツを摑《つか》む。それに応えるように桐生は僕の髪を梳《す》きながら、深く深くくちづけてきた。痛いくらいに舌を絡《から》ませ、吸い合い、互いの口内を侵すようなくちづけに没頭するあまり、彼の背に回した手に力がこもる。

息苦しさすら覚えて、ふと薄く目を開いたとき、僕は驚きのあまり思わず声を上げそうになった。僕を真っ直《す》ぐに見下ろす桐生と目が合ってしまったからだ。

冷静さすら感じられるその視線に何故《なぜ》か僕は動揺してしまい、目を合わせたまま彼から顔を背けようとした。そんな僕の唇を追いかけ、尚《なお》もキスをし続けようとする桐生は相変わらず目を開いたままだ。

「……っ」

射るような視線、というのはこういう目を言うんじゃないだろうか、と僕は彼の背に回した手を解《ほど》き、その手で彼の胸を力一杯押し上げた。

今までも、彼はこうして目を開いていたのだろうか、と僕は混乱した頭で必死に思い出そうとしたが、そのような記憶はない。

いや、常に僕自身が目を閉じていたから気づかなかったんじゃあ——？　などと思っている間に両手を摑まれ、そのまま頭の上で押さえ込まれてしまった。今度はそのことに動揺し、僕は尚もくちづけ続ける桐生を見上げた。互いに目を見開いたままの不自然なキスに、僕が眉を顰めたとき、

「……なに？」

ようやく唇を離してくれた桐生が小さく問い掛けてきた。その声はどこまでも優しいのに、僕を見下ろす瞳の厳しさはかわらない。

「……桐生？」

問い返す僕の声が何故か震えた。彼の手に捕らえられた両手首が痛い。

「……なに？」

桐生の声は掠《かす》れていて、まるで別人の声のように僕の耳に響いた。

「……桐生？」

怖い――忘れていた彼への恐怖心がちらと僕の頭を翳《かす》める。怖いわけがないじゃないか、と思いながらも真っ直ぐに僕を見つめながら唇を落としてくる彼から、思わず顔を背けてしまった。

「……どうした？」

桐生の手が僕の顎《あご》を捕らえ、上を向かされる。

「……目……」

相変わらず部屋の明かりを受けて変に煌《きらめ》いている彼の瞳に吸い込まれそうになった僕の口から漏《も》れたのは、その言葉だった。

「め？」

不審さに桐生が目を細めたおかげで、彼の瞳から光が消えた。それに呪縛《じゅばく》を解かれたように僕は大きく息を吐き、

「なんだよ」

と笑った桐生を真っ直ぐに見上げることができるようになった。

「……なに？」

じっと彼を見つめる僕に、桐生が額を合わせ、同じ問いを口にする。

「……いつも、目……開いてたっけ？」

やはり目を見開いたままの彼に問いかけると、桐生が逆に問い返してきた。

「『いつも』？」

「キスのとき」

言いながら、一体何を聞いているんだ、と途端に赤面しそうになった僕に、桐生は、ああ、と笑うと、

「たまにな」

やはり目を見開いたまま答え、僕の唇に軽くキスをした。

「……気づかなかった」

唇が離れてすぐそう呟くと、桐生はくす、と笑い、また唇を落としてきた。

「たまにお前がどんな顔をしてるのか、見たくなる」

「……どんな顔？」

唇が触れる瞬間、問いかけると、桐生はにやりと笑って、

「そうだな……感じてる顔とか、イクのを我慢してる顔とか……どんなに見ても見飽きることはないな」

そんなことを言いながら手を下ろしてきたかと思うと、僕のそこをスラックスの上からぎゅっと摑んだ。

「……悪趣味だな」

服越しに先端を探り当てられ指の腹で擦《こす》られる。息がかかるほど近いところに感じる彼の

視線と絶え間ないその手の動きに、自身が急速に昂《たか》まってゆくのを抑えることができない。

負け惜しみにそう言った僕に桐生は、

「悪趣味で結構」

と笑いながら、スラックスのファスナーを下ろして僕の雄を引っ張り出すと、おもむろに扱《しご》き始めた。

「……っ」

桐生の視線は相変わらず真っ直ぐに僕の顔に注がれている。あがる息を抑えようと唇を嚙《か》むと、さらに彼の手の動きは速まった。達する顔を見ようとしてるんだ、と気づいた僕は両手を突っぱねて彼の身体《からだ》を退《ど》かそうとしたが、そんな僕の抵抗を易々《やすやす》とかわしながら桐生は尚も僕を扱き続ける。

「……見るな……っ」

堪《たま》らず両手で顔を覆《おお》うと、

「なぜ？」

桐生は笑いながら僕の手を摑んで顔から外させようとした。

「……やめっ……」

叫ぶ声が上擦る。頰《ほお》が紅潮し、息が酷《ひど》く乱れてるのが自分でもわかって、僕はもう我慢の限界、と両目をぎゅっと閉じた。

「……言っただろ？　お前の顔を見たいと……」

桐生の囁《ささや》く声を聞いたその瞬間、僕は彼の手の中に己の精を吐き出してしまっていた。どくどくと白濁の液を零《こぼ》す自身と早鐘《はやがね》のような胸の鼓動《こどう》が同調して僕の身体を震わせる。

はあ、と大きく息をつき、反射的に開いた目の前には相変わらず僕を見下ろす桐生のあまりにも整った顔があり、途端に蘇《よみがえ》ってきた羞恥《しゅうち》の念から僕は再び目を閉じた。

「達する瞬間、自分がどんな顔をしてるか……知ってるか？」

そんな僕の耳元に桐生が低い声で囁いてくる。知るわけがないだろう、と言い返したいのに、耳朶《じだ》を擽《くすぐ》る彼の吐息に身体に灯《とも》った情欲の焔《ほむら》をかきたてられ、思わず上がりそうになった息を僕は必死で押し殺そうと唇を噛んだ。

「……何故かいつも一瞬酷《ひど》く辛《つら》そうな顔になる。何を耐えているんだ、と思わず問いかけてみたくなるような。次の瞬間その顔が……」

「やめろよ」

このままじゃ何を言われるかわからない、と僕は彼の言葉を遮《さえぎ》ると両目を開いて彼を睨《にら》んだ。

「……そんな顔を……」

桐生は僕の視線を真っ直ぐに受け止めながらそう言いかけ——黙った。

「……？」

『やめろ』と言ったのは僕自身なのに、黙り込んだ彼に無言で見つめられるのはなんとも居心地が悪くて、僕は続きを促すように彼を見上げ、軽く首を傾《かし》げてみせた。

「……いや……」

桐生は苦笑するように笑うと、さて、と言いながら身体を起こした。不意に身体の上が軽くなる。さっきの『続き』を期待していたわけじゃあないが、僕は彼の突然の行動に戸惑い、自らも身体を起こしながら、つい、

「桐生？」

と呼びかけてしまった。

「そろそろ寝よう。ふざけてるうちにこんな時間だ」

言われて時計を見ると、深夜二時になろうとしていた。先に風呂に入る、と言いながら洗面所に向かった彼が、何か思い出したように足を止め、肩越しに僕を振り返った。

「好きにすればいい。『お伺い』は不要だ」

「え？」

最初何を言われたのかわからず、間抜けな声で問い返した僕を桐生はちらと見たが、やがて無言で前を向くとそのままバスルームへと消えた。

「……あ」

彼の背中が視界から消えてから、ようやく僕はそれが『ゴルフのお許し』だということに

気づいた。

いや、『お許し』、という言い方は間違えているか――などと自らの思考の言葉尻をとらえて揶揄《やゆ》するという馬鹿馬鹿しい行為に囚われながら、『お伺いは不要』と言われたことに、一抹《いちまつ》の寂《さみ》しささすら感じる自分に戸惑いを覚えつつ、僕はぼんやりと彼の消えた先を見つめてしまったのだった。

2

「おい、長瀬《ながせ》、どうしたんだよ？」

「もう酔ったのか？」

名を呼ばれて僕は、はっと我《われ》に返ると、目の前の同期たちに向かって「ごめんごめん」と笑ってみせた。

金曜日の就業後、車を二台連ねてゴルフ場のロッジに乗り付けた。早朝スタートに備えて前泊することにしたのだが、やはり同期が集まると飲んで話さずにはいられない、というわけで、既《すで》に一時を廻《まわ》ろうとしているにもかかわらず、到着してから今にいたるまで僕たちは四人でだらだら飲み続けていたのだった。

「まだまだ宵《よい》の口じゃないか」

「そうそう、普段なら残業中でしょう」

吉澤《よしざわ》と尾崎《おざき》が笑う横で、田中が心配そうに僕の顔を覗き込んでくる。

「大丈夫か？」

「ああ、大丈夫」

彼に答え、僕は手にしたグラスを一気に呷《あお》ろうとして、既に中が空なことに気づいた。

「ほら」

吉澤が手を伸ばしてきたのに甘えてグラスを差し出し、暑いねえ、という尾崎に相槌《あいづち》を打ちながら額に落ちてきてしまった前髪をかきあげる。

「酔ったのか？」

田中が相変わらず心配そうな顔で尋ねてくるのに、

「ちょっとね」

そう笑ってみせた僕がそのとき考えていたのは、今朝の桐生のことだった。

結局あの日以降も桐生の機嫌は今ひとつ直らず、今日は就業後に家には帰らず直接ゴルフ場へと向かってしまったため、今朝、僕は彼が家を出るとき、

「じゃ、明日の夕方帰るから」

と一応リマインドした。

「わかってる」

桐生はぶすりとしたままそう答えたかと思うと、おざなりのようなキスをして、そのまま振り返りもせずドアを出て行ってしまった。

「…………」

バタン、と閉まったドアを見ながら、僕は小さく溜《た》め息をついた。

『好きにすればいい。「お伺い」は不要だ』

あの夜以来、彼が今日のゴルフの話題を口にすることはなかった。確かにいくら同居しているからといって、なんでもかんでも彼に許可、というか同意を求める必要はないのだろう。だが、そう言われたとき、自分の中に一抹の寂しさのような感情が芽生えたのもまた事実だった。

束縛が愛の強さを物語るとするのなら――僕は桐生に『NO』と言ってもらいたかったのかもしれない。

勿論現実問題として、今更ゴルフを断ることはできないし、さんざん世話になった田中の送別ともなれば何をおいてでも『出たい』と思っているのも正直な気持ちなのだが、それでも桐生が『行くな』といえば僕はきっと――。

「ほら」

突然グラスを目の前に差し出され、僕はまた短い思考から醒《さ》めた。

「長瀬、今日はやけにぼんやりしてるじゃん」

眠いのかな、と吉澤が僕にグラスを手渡してくれながら尋ねる。

「眠いは眠いよ」

今日定時に社を出るために、昨夜は深夜残業をしたのだった。帰宅したときには午前二時を廻っていて、既に帰宅していた桐生は先にベッドで寝ていた。シャワーを浴びたあと彼の

横へと身体を滑り込ませた僕を桐生は一瞥《いちべつ》したあと、

「遅かったな」

と僕の濡《ぬ》れた髪を撫《な》で、そのまま背中を向けてしまった。

「おやすみ」

小さな声で彼の背中に声をかけた僕も、彼に背を向けて目を閉じた。今週はずっとそんな毎日だった。今、丁度《ちょうど》大きな案件を抱えていて桐生は忙しいらしく、火曜水曜は午前三時を廻っても帰って来なかった。彼の言葉を『嘘《うそ》』とは思わなかったが、もしや避けられているのではと案じずにいることが僕にできるわけもなく、もやもやとした思いを胸に抱《いだ》きながら過ごしたこの一週間は、普段以上に僕を疲れさせていた。

「寝るか？」

田中が僕の手からグラスを取り上げようとするのに「まだ平気」と答えると、

「ちょっと外の空気を吸ってくる」

そう言い、グラスを持ったまま立ち上がった。せっかく同期で集まっているにもかかわらず、いつまでも愚図愚図《ぐずぐず》とくだらないことを考えてしまう自分に嫌気がさし、気分転換を図ろうと思ったのだ。

「外は暑いぞ」

あきれたように吉澤が僕を見上げる横で、田中が立ち上がった。

「俺も行こう」

「なんだ。田中も眠いの？」

「長瀬を口説こうっていうんじゃないだろうな」

吉澤も尾崎もすっかり酔っ払って好き勝手なことを言っている。

「馬鹿」

苦笑する田中と僕は、

「よせよせ、いくらビジンでも長瀬は男だぞ」

「田中、血迷うなよ」

げらげら笑う彼らの声に送られてロッジの窓を開け、テラスへと出た。

「……もう血迷ってるけどな」

くす、と笑い、田中がそう言って僕を見た。

「なに？」

本当に外の方が気温が高い。肌に纏《まと》わりつくような湿気の多い暑さに顔を顰《しか》めながら僕は田中を振り返った。

「いや……」

なんでも、と田中は笑うと真っ直ぐに僕に手を伸ばしてくる。酒を飲みたいのかな、と僕が彼に促されるままにウィスキーのグラスを渡すと、

「サンキュ」

田中は僕の手からそれを受け取り、一気に半分くらいを空けてしまった。

「暑いねえ」

返して貰《もら》ったグラスを傾け、僕も酒を飲む。喉《のど》を伝わる冷たさが心地いい。火照《ほて》ってきた頬を冷やそうとグラスをあて、テラスの柵《さく》に腰をかけた僕の傍《そば》に田中は近づいてくると、柵に両手をつき、空を見上げた。

「凄《すご》い星だな」

「……ほんとだ」

言われて見上げた空には満天の星が輝いていた。広大なゴルフ場の敷地内には、その星の光を邪魔《じゃま》する人工的な明かりがないからだろう、都内で見るよりもよっぽどくっきりと、本当に小さな星の光までが見てとれる美しい星空に僕は暫《しば》し見惚《みと》れた。

「流れ星も見られたりして」

田中も星空に見惚れている。

「流れ星か」

降るような星空を、タヒチで見たのはついこの間のことなのに——またも桐生へと思いがいきそうになるのに気づき、僕は溜め息をつき軽く頭を振った。

「……どうした？」

田中がそんな僕の様子を心配そうに見つめてくる。

「……いや……」

僕は再び頬にあてたグラスから酒を飲むと、今更のように目の前にいる田中の顔をまじまじと見返してしまった。

彼と初めて会ったのは入社前の入寮式の日だったか。

『宜《よろ》しく』

同じ部門に配属される同期は5人、今日この場にいる吉澤と尾崎、田中に僕、そして桐生だった。ラガーマンだという彼のガタイのよさと大きな声に初めは圧倒されたものだが、付き合っていくうちに中味は僕なんかよりよっぽど繊細な神経の持ち主だということがわかった。

田中とは不思議と気が合って、二人でよく飲みにも行ったし、休みの日につるんで遊びに行くことも多かった。何かあると彼に相談を持ちかけることも多く、特に部を異動してからは何から何まで世話になったように思う。

そう——本当に彼には、どんなに感謝してもし尽くせないほどに、今まで助けてもらいっぱなしだった。

「なんだよ。酔ったのか？」

田中が笑って僕を見る。

「田中……」

『俺が守ってやりたいんだ』

桐生に無理やり身体を開かされていることに気づいた彼が、僕の肩を摑みそう言った言葉が、

『お前のいない間、長瀬のことは任せろ』

桐生に向かってそう言いきったあの空港での彼の真摯《しんし》な瞳が、

『好きなんだよ』

照れたように笑いながら僕にそう告げた彼のあのときの顔が——不意に僕の中に次々と蘇り、溢《あふ》れ来るそのイメージに僕は言葉を失ってしまった。

「田中……」

あれから彼の、僕に対する気持ちは変わったのか。それとも——。

「……降るような星空というのはこういうことを言うんだろうな」

田中が僕から目を逸《そ》らせ、再び空を見上げて笑った。

「……そうだね」

僕もつられたように夜空へ目を向け、小さくそう呟いた。

「メキシコでは星の見え方も違うんだろうなあ」

地球の裏側だ、と田中は空を見上げたまま笑っている。

「そうだね」

同じ相槌しか打てない自分の語彙《ごい》のなさが恨《うら》めしかった。彼に言いたいことはたくさんあるはずなのに――それこそ、今までの礼も言いたかったし、これからメキシコで頑張れ、とも言いたかった。

メキシコなら多分駐在期間は三年くらいだろう、三年なんてあっという間だ、とも言ってやりたかったし、仕事をつくって出張してやる、とも言いたかった。が、頭の中で考えていた言葉は何一つ口には上らず、僕はまるで阿呆《あほう》のように、田中の横で『降るような星空』を見上げることしかできずにいた。

「長瀬」

空を見上げたまま田中が僕の名を呼んだ。

「……なに？」

彼の横顔に目を向け、僕は彼に言葉の続きを促した。カラン、と手の中のグラスの氷が溶けて音をたてる。

「あのさ」

その音に誘われたように田中が星空から僕へと視線を移し、口を開きかけたそのとき、

「いつまでこんな暑いところにいるんだよ」

ガラガラとガラス戸をあけて吉澤と尾崎がテラスへと出てきたものだから、僕たちはなぜ

かはっとして彼らを同時に振り返ってしまった。

「なによ、まさかほんとに愛の告白？」

「『メキシコに連れてって』と泣かれちゃったとか？」

大声で笑いながら僕たちの背を叩《たた》く二人に、

「そうだよ、邪魔しやがって」

と田中がふざけて笑っている。

「バレたか」

僕も悪ノリして、指先で涙を拭う真似をしてみせた。

「田中もオトコ殺しだねえ」

「長瀬に泣かれちゃ弱いわなあ」

わいわいと騒ぐ声が星空へと響いていく。

「近所迷惑じゃねえ？」

周囲のロッジを見回し、尾崎が舌を出してそう言ったのをきっかけに、僕たちはそろって
テラスをあとにし、室内へと引き返すことにした。

「明日の『握り』、泣いて誤魔化《ごまか》す手は有効かな」

吉澤と尾崎のあとに続いて室内へと戻りながら、僕は笑って後ろにいた田中を振り返った
のだったが、彼が僕を見つめるその顔が目に入った瞬間、思わず足を止めてしまった。

不意に僕が振り返ったからだろう、慌てたように僕から目を逸らせた田中の眼差《まなざ》しは、僕の胸が痛むほどに――どこか切なかった。

「……これ以上はないってくらい、有効だろう」

無理やり作ったような笑顔で僕にそう返した田中に、僕は何か言葉をかけようとしたが、

「ほら、暑いんだから早く入れよ」

「夜はこれからなんだから。今夜は飲もうぜ」

室内で吉澤と尾崎が僕たちを手招きしてそう大声をかけてきたのに阻《はば》まれた。

「……ほんと、近所迷惑だよなあ」

苦笑しながら田中が僕の横をすり抜け、先に室内に入ってゆく。すれ違いざまに僕の背を抱くように腕を回した彼の掌《てのひら》の感触は、その夜、いつまでも僕の背に残って消えなかった。

あのとき僕は彼に何を言おうとしたのだろうか――自分でもはっきりと答えを出すことができず、僕はそれからただ笑うためだけに酒を飲み、彼らと田中との思い出話に花を咲かせながら、随分遅くまで騒ぎまくった。

結局その夜、三時すぎまで飲み明かしてリビングでごろ寝になってしまった僕たちは、翌

朝七時スタート、一・五ラウンドというハードなスケジュールを立てたことを後悔しつつ、予定通りラウンドしはじめた。

「ほんとに長瀬、うまくなったんじゃない？」

百獣、もとい『百十』の王と女王をわけあった吉澤が恨めしそうに声をかけてくるくらい、僕の調子はよかった。ハーフを四十六であがり、もしかして百切るかも、と皆に冷やかされる中、

「オールワンはサギだよなあ」

尾崎がいまさらのように『握り』でクレームまでつけてきたが、後半に突入すると僕の調子は崩れ始めた。

「やっぱ昨日の酒がキツいわ」

スルーなんかにするんじゃなかった、と体力自慢の尾崎までもが顎を出したのは、次第に高く上ってきた太陽が焼け付くような日差しを僕たちに浴びせかけてきたからだ。

「お前が昼飯をはさむとどうしてもビール飲んじゃって崩れるから、スルーにしようって言ったんだろ」

吉澤も額の汗を拭《ぬぐ》い、ああ、またOBか、と自分の打った先を見ている。

「長瀬、顔、白いけど大丈夫？」

前半はオナーをとることが多かったのに、今回はラストだった僕がティーを刺しているの

を振り返り、吉澤が声をかけてきた。

「大丈夫だけど、炎天下のスルーはキツいね」

答えながら、あと何ホールだっけ、と遠い目をした僕に、

「このあとハーフはやめとくか」

田中がそう声をかけてきて、皆、思わず大きく頷《うなず》き合ってしまったのには、なんだか笑えた。

「真夏はゴルフ場も空いているわけだよ」

「熱射病になるぞ、マジで」

なんとなく少し休憩《きゅうけい》してしまうのは、まだ後ろの組がこのコースに姿を現さないからなのだが、もしかしたら皆が顔色が『白い』という僕に気を遣《つか》ってくれていたのかもしれない。

「あと四ホール、がんばりましょうぜ」

「終わったら美味《うま》いビールが待っている」

口々に皆がそういう中、僕はティーショットに気持ちを集中させるとドライバーを思い切り振り抜いた。

「ナイスショーッ」

吉澤の高い声が響き渡る。

「やっぱりコーチがいいのかな?」

田中が僕の背を叩いてくれながらそう笑いかけてきたのに、僕はあまり深く考えずに、

「そうかな」

と笑って答えてしまったのだが、それを聞きつけた吉澤が、

「なになに？　長瀬、まさかスクール行き始めたとか？」

裏切り者、と絡《から》んできたとき、ようやく田中の言う『コーチ』が誰なのかということに思い当たった。

思わず田中の顔を見返すと、田中は苦笑するように笑って片目を瞑《つぶ》ったあと、僕から目を逸らせてしまった。

「いや、そうじゃなくて……」

田中の言う『コーチ』は言うまでもなく桐生のことを指していたのだろう。その言葉に不用意に答えてしまった僕は、桐生にゴルフを習っていることを肯定してしまったことになる。別にそれが事実であることにかわりはないのだが、敢《あ》えてそれを田中に言うことはなかったのではないか、と僕は暑さでぼんやりとしている頭を一瞬のうちに巡らせ、言い訳をするために口を開きかけたのだったが、田中は再び僕に視線を戻すと、気にするな、と笑って僕の肩を叩いた。

「なに、その意味深な雰囲気は」

尾崎が僕と田中をかわるがわるに見ながら問いかけてくる。

「いやね、ちょっとしたジェラシー。知らないうちに上手くなっちゃってさ、と思ってな」

田中は笑ってそう言うと、そろそろ後ろが来はじめたぞ、と僕たちを促し、それぞれのボールへと向かわせた。

「駐在するとみんなゴルフうまくなるじゃん」

「しかしメキシコも暑そうだよなあ」

口々にそんなことを言いながら僕たちはだらだらとフェアウェイを歩き始めた。

「俺もジェラるぜ。長瀬、いつの間に上達したんだか」

OBになってしまったと思われる吉澤が振り返りしなにそう言って、林のほうへと走り出した。

「俺も捜してやろう」

尾崎も走ってその後を追う。

「俺たちも捜してやるか」

何事もなかったかのように田中が僕の顔を覗き込み、そう笑いかけてきた。

「そうだね」

僕も何事もなかったかのように笑って答え、照りつける太陽の下《もと》、走りはじめた。

『ちょっとしたジェラシー』

田中の言葉に裏を読むのは自意識過剰かもしれない。

が、もし田中がまだ、僕のことを思っていてくれているのだとしたら――。

汗の滲《にじ》む彼のポロシャツの背中を見ながらそんなことを考えている自分に気づき、僕は首を軽く横に振ると足を速めた。

「早くホールアウトしよう。マジでそろそろ後ろが来るんじゃないかな」

田中を追い越し、尾崎と吉澤のあとを追って走り出す。

「長瀬？」

田中が不審そうに僕の名を呼ぶのを無視すると、僕は尾崎たちがボールを捜す林を目指し走り続けた。

彼らと少し離れたところでボールを捜しながら、僕は走ったためか吹き出してきた額の汗を手の甲で拭った。木陰《こかげ》が灼熱《しゃくねつ》の暑さを暫し忘れさせ、周囲を吹きぬける一陣の風の心地よさに思わず安堵《あんど》に似た溜め息が口から漏れる。

「ずっとここにいたい気分だな」

追いついてきた田中が笑いかけてくるのに、

「ほんとに」

と笑顔を返しながらも、僕の心中は複雑だった。

田中の思いを推《お》し量《はか》る資格は、今の僕にはない。

たとえ彼が、以前僕に告げたのと同じ気持ちを未《いま》だに僕に対して抱いていてくれているのだとしても、僕はその気持ちに決して応《こた》えられはしないからだ。

田中は僕にとって唯一無二の親友であり、かけがえのない存在ではあるけれども、彼が僕に対して抱いているのと同じ気持ちを僕は彼にはどうしても抱けない。

なぜなら僕には既に——。

「あったぞ」

吉澤の大声が前方から響いてきた。

「やっぱりOBだったか？」

僕の後ろで田中が大きな声で叫び返す。

「OBOB。探し損だよ」

肩を竦《すく》める吉澤に、おつかれ、と声をかけたあと、田中は、

「行くか」

と僕に笑いかけてきた。

「うん」

田中の笑顔の明るさに僕の胸は少し痛んだ。が、それこそ自意識過剰だろうと思い直し、

「あと四ホール、頑張りましょう」

大きな声で言いながら、僕も彼に笑顔を返した。

「どう聞いてもカラ元気だなあ」

苦笑する田中の声を背に、僕は勢いよく歩き始めた。

「あまりはりきると倒れるぞ」

今も後ろで声をかけてくれる田中は、いつもこうして僕の傍にいてくれた。僕が振り返るとそこには常に彼の思いやり溢れる笑顔があった。僕を気遣い、僕を庇《かば》い、僕に救いの手を差し伸べてくれ――それを決して『当たり前』のこととは自覚していなかったはずであるにもかかわらず、心のどこかで僕は彼の存在を常に頼りにしていたように思う。

どうにもならずに周囲を見回す先に、僕は無意識のうちに彼の姿を探していた。どうしたらいいかわからぬときに、無意識のうちに彼の声を求めていた。そんな僕に必ず手を差し伸べてくれた田中の存在を、僕は友情の名のもとにあまりにも易々と享受《きょうじゅ》してきたような気がする。

田中が僕に『好きだ』と告白したあとも、同じように彼の救いの手を取っていた自分を思い、僕はやりきれないほどの自己嫌悪に陥った。田中の優しさに甘え、頼り切るだけ頼っていた僕を、彼は一体何を思って受け止めていてくれたというのだろうか。

問わずともわかりきっていた。彼は――何も僕に求めたことはなかった。

求められなければ与えなくてもいいというものではない、ということなど常識以前の問題としてわかっていなければならないはずであるのに、ましてや彼は、こんな僕のことを『好きだ』と――それは肉欲を伴う意味も含んでいるのだろう――告げたことすらあるというのに、僕は——。

「どうした？　顔色悪いぞ？」

不意に肩を叩かれ、僕ははっと我に返って前に立つ吉澤を見た。

「ごめん」

ぼんやりしてしまったことを詫《わ》び、自分のボールの方へと歩き始める。

「既に『苦行』だよなあ」

と皆が笑い合うのにあわせて笑いながら、僕は頭を巡らせて田中の姿を探した。そして遠くグリーン近くに佇《たたず》むその眼差しが己へと注がれていないことに密《ひそ》かに安堵している自分を、益々厭《いと》わしく思ったのだった。


結局そのあとの四ホールでは散々叩きまくってしまい、ハーフ六十二、トータルで百八という普段と変わり映えのしない成績となった。

「煩悩《ぼんのう》の数だけ叩いたな」

そう笑った吉澤は百十五、尾崎は百二で、一番成績がよかったのは九十八でまわった田中だった。今回主役がめでたくトップをとったわけだが、それでも普段の彼からしてみたら決していいスコアではなかった。が、この炎天下ではそれも仕方のないことだろう。

「やっぱ真夏にゴルフなんてやるもんじゃないよなあ」

自走のカートを返したあと、ビールの前に風呂、というわけで、僕たちは風呂場へと直行した。汗びっしょりになった身体を流すゴルフ場自慢のジャグジーバスは、尾崎の部が入れたものらしい。

「バブル期の負の遺産らしいよ」

カネをかけるだけかけたこのゴルフ場を、会社は去年手放していた。法人会員を集めての運営に行き詰まったのだそうだ。

「ジャグジーだけにバブル？」

つまらねー、と笑う吉澤に、

「お前の方がつまらない」

と田中がまぜっかえし、僕たちはわいわいと笑いながらその『負の遺産』のジャグジーバスを貸切状態で満喫した。

「長瀬、よく見ると焼けてるなあ」

身体を洗っているとき、尾崎が僕の後ろを通りしなにそう声をかけてきた。

「そうそう、夏休みにどっか行ってたんだよな。どこだっけ？」

横のカランから吉澤が聞いてきたので、

「タヒチだけど」

と答えると、二人して、

「たひち〜？」

と大騒ぎになった。

「高いだろう？　奮発したなあ」

「この不景気に、お前一人でバブリーだなあ」

羨《うらや》ましい、口々に言う彼らにどう答えてよいかわからず、僕は曖昧《あいまい》に笑って誤魔化していた。が、彼らは敏感に僕がその話題を避けたがっていることを察したんだろう、

「昨夜、長瀬をつるし上げるの忘れたよな」

「そうそう、最近めっきり寮にも近寄らなくなった長瀬君、一体どんなカノジョと付き合っているのかなあ？」

逆に二人がしつこく絡んできたのに、困ったなあ、と思っていると、浴槽から田中がまたも助け船を出してくれた。

「さ、そろそろ上がろうぜ。ビールだビール」

「風呂上がりの一杯が美味いんだよなあ」

「お前、帰りは運転しろよ」

「そりゃずるい。じゃんけんだろう」

同じ車で来た吉澤と尾崎の意識がそっちへとそれたことにほっとしつつ、僕は肩越しに浴槽を振り返り、田中に悪い、と頭を下げた。

「早く行こうぜ」

「ビールだビール。スーパードライだ」

カラスの行水そのままに吉澤と尾崎が次々と浴室を出てゆく。僕も立ち上がってシャワーで身体を流し、出ようかな、と思ったそのとき、

「長瀬」

すぐ後ろで名を呼ばれたと思った途端、振り返るより前に僕はその場で後ろから抱きすくめられていた。

「……田中」

驚いて思わず名を呼んでしまったが、彼の腕は振り解こうと思えばすぐにも振り解けそうだった。確かに彼の濡れた裸の胸は僕の背に押し当てられてはいたけれど、僕の胸の前で交差するその日焼けした両腕は、僕の拒絶を待っているかのようにひどく強張《こわば》っていた。

きっと少しでも身体を捩《よじ》れば、そしてこの腕に触れれば、田中は僕の身体を離すに違いなかった。それがわかっているだけに、何故だか僕は——どうしても動けなかった。

「長瀬……」

僕の洗いたての髪に顔を埋め、田中も僕の名を呼ぶ。押し当てられた彼の下肢《かし》が次第に熱

く形を為《な》してくることに気づきながらも、僕はどうしても動くことができず、ただ身を竦ませその場に立ち尽くしていた。

彼の腕も、裸の胸も、そしてその熱い雄も——少しも僕に嫌悪の思いを抱かせはしなかった。何がしたかったわけでも、何をされたかったわけでもない。ただ僕はしばらくこのままでいたかったのだと思う。

そのときの僕はどうしても自分から彼の腕を振り解くことはできなかったし——振り解きたくもなかった。

3

「田中、行くぞ」

「長瀬、何やってんだよ」

ガラス戸の向こう、脱衣所から尾崎と吉澤に声をかけられ、僕たちは二人して我に返ったかのように身体を離した。

「今、行く」

田中は僕の肩を押しやり、引き戸へと促そうとした。

「田中」

振り返って名を呼ぶと
「……すまなかった。逆上《のぼ》せたみたいだ」

田中は苦笑するように笑い、先に出ていてくれ、と僕に片手を振った。

「僕は逆上せちゃなかった……正気だったよ」

どうしてそんなことを言ってしまったのかわからない。でも言わずにはいられなかった。

田中は驚いたように少し目を見開いたが、やがて苦笑すると、

「そういうことを言うこと自体、逆上せてる証拠だよ」

そう笑って違うカランでシャワーを浴び始めた。

「田中」

違う、と彼の方に一歩を踏み出したそのとき、

「もう、主役が来なきゃはじまらないだろ」

ガラガラとガラスの引き戸が開いたかと思うと、尾崎がひょいと顔を覗かせ叫んできた。

「今行くって」

田中が笑いながらシャワーを浴び、僕に先に行け、と目で促す。

「長瀬も。ほら、なにぼーっとしてんだよ」

尾崎の後ろから吉澤も顔を出したために、僕は仕方なく田中との会話を諦め、先に浴室を出ることにした。

レストランでビールを飲み——運転担当の田中と吉澤は文句をいいながらもウーロン茶だったが——皆で騒ぎながらも僕は気づけば田中の表情を窺《うかが》ってしまっていた。

酒を飲んでいないはずの田中の顔が赤くなっているのは、日に焼けたせいだと思われたけれど、僕の頬が熱いのも日焼けのためか——ときどき頬に手をやりながら、僕は会話の切れ目切れ目に田中と目を合わせようと必死になっている自分の気持ちを持て余し、いつも以上に早いピッチでビールを飲み続けた。

たとえ目を合わせたとして——僕は一体彼に何を言おうとしているのだろう。

急速に身体全体に染み渡るアルコールの酔いに身を任せながらも、何処《どこ》か冴《さ》えた思考が時折僕の中を過《よ》ぎる。

周囲で交わされる会話や笑い声が、内容の意味を理解する間もなく流れてゆく中、僕は条件反射のように皆が笑えば笑い、同意を求められれば適当な相槌を打ち、運ばれてくるままにジョッキをあけ——知らぬうちにかなり酔っ払ってきてしまっていた。

そんな僕の酔った頭を一気に醒ましたのが、吉澤が何気なく言った一言だった。

話題は入社の頃の思い出話になっていた。同じ部門に配属された同期はこの四人だったよなあ、と尾崎が言ったのを受けて、

「そういや、桐生は元気なのかねえ」

と吉澤が言ったのは桐生も同じ部門配属だったからなのだが、彼の名前が出た瞬間、僕の身体は自分でも驚くくらいにびくりと震えた。

「懐かしいなあ。桐生か」

尾崎が大きな声で相槌を打つ中、無意識のうちに田中を見やった僕は、彼も僕を見ていたことに気づいて慌てて目を逸らせた。

「退職したときはびっくりしたけど、結局ヘッドハンティングだったんだろ？」

吉澤の問いに、

「どうなんだかねえ」

最初はてっきりクビかと思ったけどな、と同じ部の尾崎が答えている。

「すっかり付き合いなくなったよな。同じ寮に三年もいたのにさ」

「そんなもんなのかねえ」

しみじみとそんなことを語り合っている彼らの話題が早く他へと移らないかと思いながらも、今、自分が口を開けば不自然な言葉しか言えないとわかりきっていた僕は、ただ漫然と笑っていることしかできなかった。もし吉澤や尾崎が単なる思い付きで、

「長瀬は桐生と最近会った？」

などと問い掛けてきたとしたら、僕は動揺を顔に出すことなく否定することができなかったのではないかと思う。と、そのとき、田中がふざけた調子で会話に加わってきた。

「俺も三年いないと忘れられちゃうかなあ」

「忘れちゃうかもね」

「あ、吉澤、薄情だなあ」

そのまま話題は田中の駐在地、メキシコへと逸れてゆく。またも彼に助けられたのか、と僕はぼんやりと田中を見やったのだが、

「なんかさっきから、長瀬大人《おとな》しいな」

「眠いんじゃないの？」

不意に他の二人から話をふられ、一瞬言葉に詰まってしまった。

「やっぱ眠いんだ」

黙っている僕の様子を勝手に解釈してくれた彼らは、時計を見上げながらそろそろ行くか、と帰る相談をし始めた。

「あまり遅くなると、道、混《こ》むしなあ」

「長瀬君、久々の寮なんじゃないの？」

意地悪な口調で吉澤にそう言われた瞬間、僕は思わず、

「いや、今日は実家に帰るよ」

と嘘をついてしまっていた。

「実家？」

驚いた顔をした吉澤と、

「ああ、横浜だっけ？」

もと同じ部ゆえ僕の実家の場所を知っていた尾崎の横で田中が「実家？」と僕に問い掛けてくる。

「ああ、実家」

真っ直ぐに彼を見返し答えながら、僕は自分が何故『実家』などという嘘を言い出してしまったのかという、己の気持ちに改めて気づいていた。

「送っていこう」

田中は笑うと、それじゃここで解散だな、と吉澤と尾崎を振り返った。

「なんだ、つるんで寮まで帰ろうと思ったのに」

言いながらも尾崎と吉沢は席を立ち、それじゃそろそろ行くか、と四人してレストランを出た。

「長瀬、大丈夫か？」

階段を下りているときに僕が少しよろけたのを見て、吉澤が心配そうに声をかけてくれる。

「大丈夫」

答えながら僕は、少し前を歩く田中の背中を見つめていた。田中は振り返りもせず、無言で前を歩いている。その背に追いつこうと足を早めながら、僕は自分が今から何をしようとしているのか、それを自身が正しく理解していると言えるかどうかを一人考え続けていた。


先に吉澤と尾崎の車を見送ってから、僕たちは田中の車の方へと歩き始めた。

「顔が赤いな」

酔ったのか、と笑いながら田中が車のキイを開ける。

「実家、じゃないよな。築地だろ？」

運転席に乗り込むと、田中は助手席に身体を滑り込ませた僕を見て笑って問うてきた。

やはりあのとき、田中は僕の嘘をそう取ったのか、と思いながら、僕は無言で首を横に振った。

「え？　本当に実家に帰るのか？」

驚いたように僕を見た田中に再び無言で首を横に振ってみせると、はじめて田中は戸惑ったような表情を浮かべ、やはり無言で僕の顔を見返してきた。冷房の効き始めた車の中、沈黙が痛いほどに僕の身体を包む。

「……何処に行くって？」

問い掛ける田中の声は微《かす》かに震えていた。

「……何処でも」

答える自分の声は、喉にひっかかって掠れてしまった。

「『何処でも』じゃわからない」

無理やりそう笑おうとする田中の、ハンドルに乗せられた左手に、僕は手を伸ばすと——その手を力強く握り締めた。

「長瀬」

びく、と田中の手が僕の手の中で震えた。が、彼は僕の手を振り解こうとはしなかった。

「『何処』と言えばいい？」

自分の声が遠くに聞こえる。田中は僕のことを暫し無言で見返していたが、やがてもう片方の手で自分の手を握る僕の手を握ると、笑って自分の手から外させた。

「俺が知るかよ」

「……田中……」

膝《ひざ》に戻された自分の手の熱さを感じながら、僕は彼の名を呼ぶ。

「酔ってるな」

苦笑しながら田中はエンジンをかけ、車を発進させた。

「酔ってないよ」

そう言い頬に手をやると、頬はその手より熱く火照っているのがわかり、一人僕は笑ってしまった。

「酔ってるじゃないか」

そんな僕の様子を横目で見ながら、田中がわざとのように大きな声で笑う。

「酔ってない」

「酔っ払いほど自分を『酔ってない』と思うのさ」

軽口の応酬《おうしゅう》はそう長くは続かなかった。

「酔っていない」

僕はそう言うと、再びハンドルを握る彼の手を握り締めた。

「……やめろ」

前を向いたまま、田中が押し殺したような声で僕を制してくる。ちらと見やったその横顔は肉体的な苦痛を訴えるかのように歪《ゆが》んでいた。

「やめない」

僕は益々強い力で彼の手を握り締める。と、田中は路肩へと車を寄せ停《と》めた。

「……どうした？」

改めて僕を振り返る彼の顔には普段の笑顔が戻っていた。僕は無言で首を横に振ると、そのまま彼の手を握り締め続けた。

「長瀬……」

戸惑いが田中の顔に浮かび——やがて、消えた。

「手を離してくれ。これじゃ運転できない」

田中は再びもう片方の手で僕の手を摑み、僕の膝へと戻させると、僕に向かって微笑《ほほえ》みかけた。

「行くか」

「うん」

何処へ、と僕は聞かなかった。田中も何も言わなかった。静かに車が走り出す。二人何も話さぬまま、車は都内へ向かって走り続けた。

僕は――後々、自身の決心を悔いるだろうか。

常に僕をその優しさで包み、僕に救いの手を差し伸べてくれた田中。

彼の内に僕への欲情の焔が未だ消えていないことがわかってしまった今、このまま何ごともなかったかのように彼と別れることが、僕にはどうしても――できなかった。

今まで自分が彼にどれだけ支えてもらっていたか。どれだけの無茶をきいてもらい、どれだけの無償の行為を捧《ささ》げてもらってきたか。

それなのに常に彼は気にするなと笑顔を向けてくれ、それどころか「大丈夫か」と尚も心配そうにその眉を顰めてくれ――そんな彼に、僕は何かを返せたことがあっただろうか。彼の庇護《ひご》に何らかの形を以《も》って報いたことがあっただろうか。

彼からは、たとえ何も求められたことはなかったにしても。

田中が何処に向かおうとしているのかわからぬままに僕も彼と同じくフロントガラスを無言で眺めつづけた。夏の日差しが照りつけるアスファルトの道路の、センターラインの白さが目に眩しい。

きっと僕は後悔するのだろうな。

眩《まぶ》しさに目を細めた僕の視界を、幻の桐生の姿が過ぎった。

悔いることがわかっていながらも、自分がこの決意を決して覆《くつがえ》さないだろうということも、僕は痛いほどに理解していた。行き先のわからぬまま走り続ける車の中で、そのときの僕は、自分の行く末をも見失っていたのかもしれなかった。

4

首都高を下りる頃になって、僕は田中の向かっている先がどうしても一箇所しか思い当たらず、思わず答えを求め彼の顔を覗き込んでしまった。田中はちらと僕を見たが、そのまま無言でアクセルを踏み続けている。

「……田中」

つい、僕が非難めいた口調で呼びかけてしまったのは、どう考えても彼が築地へと向かっていることに気づいたせいだった。

「なに？」

前を向いたままの田中が静かに答える。

「……どうして……」

いざ問い返されてみると、何を言ったらいいのかわからず言葉に詰まり、僕は暫《しばら》く彼の横顔を眺めたあと、無言でフロントガラスへと視線を戻した。

「渋滞しなくてよかったな」

やはり前を向いたまま、普段に近い口調でそう言う田中の顔は笑っていた。

「……そうだね」

つられて答えてしまいながら、僕は前を見つめ続け——滲む視界から逃れるように、両手に顔を埋めた。

「……長瀬」

僕の名を呼ぶ田中の声が聞こえたと思った瞬間、肩に力強い彼の掌を感じた。その手の温かさが益々僕の涙を誘う。両手に顔を埋めたまま必死に嗚咽《おえつ》の声を押し殺そうとしている僕の震える肩を、田中の手はまるでその震えを鎮めようとでもするかのように、ぎゅっと握り締めてきた。

「どうして……」

涙に嗄《か》れた声で、僕が思わず問いかけてしまったのは、彼の手があまりに優しく感じられたからかもしれない。

「……『どうして』？」

田中がくすりと笑ったような気がした。が、顔を上げてそれを確かめる余裕は僕にはなかった。

「……少し休むか」

ぽんぽんと僕の肩を叩いたあと田中はそう言ってハンドルを握り直したようだった。彼の手が外された肩がその温もりを求めてまた震える。左折する車の動きを感じながらも、僕はやはり顔を上げることができず、なんとかおさまってきた涙を指先で拭い、じっと俯《うつむ》き続けていた。

田中の車は築地を通り過ぎ、そのまま晴海の埠頭《ふとう》へと向かっていた。目の前に海が開けてくる。潮の香りに僕はようやく顔を上げ、ぼんやりと光る海面へと目をやった。

「眩しいな」

田中が目を細めて前を見て、独《ひと》り言のように呟く。

「……うん」

小さく頷きながら、僕は再び、反射する陽光を遮るように右手を前にかざし、益々小さな声で彼に問うた。

「どうして……」

「……長瀬」

田中は僕の右手を摑むと、そのまま自分の方へと引き寄せてきた。もう片方の手で僕のシートベルトを外し、僕の身体を胸へと抱き寄せる。僕は目を閉じ、彼の胸に顔を埋めた。

甲高い鳥の声はカモメか——鼻腔《びこう》を擽る潮の香りと、遠くに聞こえる波の音が僕たちを包む。

「長瀬」

田中が僕の名を呼んだとき、頬をつけていた彼の胸からも声が震動となって聞こえてきた。

「……なに」

小さく問い返した自分の声が田中の胸に吸い込まれてゆく。僕の背を抱く田中の手に一段と力が籠《こ》められたのがわかった。髪に顔を埋めてきた田中の唇の温かさを感じ、なぜかたまらない気分になってしまいながら、僕は己の頬を彼の胸へと押し当てた。

「長瀬」

田中の声が彼の胸を伝わり、僕の頬にまた響いてくる。その震動を確かめるように彼の胸に手をあてた僕の耳に田中の声が響いた。

「愛してる」

その言葉を聞いた瞬間、僕は思わず顔を上げて田中を見上げ――彼の顔を見て、言葉を失ってしまった。

田中は――笑っていた。

確かに彼は、いつもの慈しみに溢れた微笑みを浮かべてはいたのだけれど、その瞳は僕が今までに見たことがないほどに、なんというか――哀《かな》しかった。

「田中」

名を呼びながら彼の胸に縋《すが》り付いたのは、何故だか彼が泣いていると思い込んでしまったためだったのだが、実際その胸にぽたぽたと零れ落ちたのは僕自身の流した涙だった。

「……泣くなよ」

苦笑する田中の声を頭の上で聞きながら、僕は再び彼に胸に顔を埋め、彼のシャツをぎゅっと握り締めた。

「……泣くなって」

田中がそう言いながら、僕の背を抱き締めてくる。

「……ごめん……」

涙が頬を伝い、田中のシャツを濡らしてゆく。再び自身の頬に当たる己の涙の冷たさは、あたかもそれが己の流した涙ではなく、田中の胸から零れ落ちた彼の哀しみのように、そのときの僕は感じていた。

そう——泣くほどに傷ついているのは僕ではなく、彼のはずだった。僕には泣く資格などない。勝手な自分の思い込みで彼の心を傷つけた僕には、泣く資格など——ましてや田中の胸に縋り、その手に慰められながら泣く資格などないことは、自分でもわかりきっているはずなのに、僕の涙は止まらなかった。

『愛してる』

僕にそう告げながらも、僕の口からは決して同じ言葉が発せられないだろうことが、彼にはわかっていたに違いない。

わかっていたから彼は真っ直ぐに僕を、ここまで連れ帰ってきたのだろう。

「ごめん……」

何度も何度も詫びる僕に、何度も何度も「泣くな」と笑って答えながら、田中は僕の背をまるで母親が幼子を宥めるかのように優しく叩き続けてくれた。

その腕の温かさにまた甘えてしまいそうになる己の卑怯《ひきょう》さを僕がどんなに厭わしく思っているか、せめて彼には伝えたいと思うのに、どうしても言葉にすることができず、僕はただ「ごめん」と何度も謝り続け、そのたびに田中は「泣くな」と僕に囁き続けた。

決して同情ではなかった。田中の思いに報いたいと思ったのは正直な自分の気持ちだった。彼が僕を抱きたいと思っているのなら、抱かれてもいいと思った。いや、抱かれたいとすら思っていた。

いつだったか自暴自棄になったあまり、彼の腕に全てを任せようとしたことがあったが、今日はそんな気持ちから彼に抱かれようとしたのではなかった。心から彼の望むことがしたかった。今まで彼から与えてもらった気持ちや行為に少しでも何かカタチとなるもので応えたかった。

そのカタチを『抱かれる』という行為であると思った僕がどれだけ田中を傷つけたか、彼の傷ついた顔を見るまで何故僕はそのことに気がつかなかったのか――後悔の念が僕の胸を苛《さいな》み、決して告げることのない言い訳が頭に渦巻《うずま》いてはいたけれども、僕の口から出るのはただただ馬鹿の一つ覚えのような『ごめん』という謝罪の言葉だけだった。

「もう泣くな」

ほら、と田中はぽん、と少し強く僕の背を叩くと、頬を僕の髪に押し当てるようにして少し大きな声を出し、僕の身体を胸から引き剝《は》がそうとした。

少し顔を上げると彼の頰と僕の頰が触れ、その温《ぬく》もりにまた込み上げてきた涙を堪《こら》えようと僕が顔を歪めると、それを止めるかのように彼の手が合わせていない方の僕の頰へと添えられ温かく包み込んできた。そのまま僕たちは頰を合わせ、互いの顔も見ぬままに暫く動かずにいた。

「謝るのは俺の方だ」

田中は指で僕の頰を流れる涙を拭いながら、静かにそんなことを言いだした。

「……お前の気持ちは嬉《うれ》しかった。でも俺は……」

田中の頰が僕の頰に押し当てられる。そのまま少し互いに顔を横に向ければ互いの唇はそこにあるのに、田中はそうはさせまいとでもするかのように僕の頰を押さえながら、静かな、でも力強い口調で続けた。

「お前とのことは『いい思い出』にはできないんだ」

「田中……」

彼の手を逃れようとし身体を引くのを、田中は止めなかった。

「馬鹿だろ？　絶対後悔するよな」

普段と同じ顔で笑う田中の顔が目の前にある。尽きることがないかのように込み上げてくる涙を持て余し、僕が無言で首を横に振ると、

「ああ、ほんとにお前、涙腺《るいせん》壊れたんじゃないか？」

田中はそう言いながら、僕の頭を自分の胸へと再び抱き寄せてきた。先ほど流した涙がしみこんだシャツの冷たさを頬に感じ、僕はまた彼の腕の中で嗚咽の声を嚙み殺す。

「泣くなって」

苦笑するように笑う田中が普段と同じであればあるだけ、僕の内には彼への申し訳なさが募った。田中は僕の背を先ほどと同じような優しい手で叩くと、

「お前が俺との『未来』を考えてくれるようになるまで、気長に待つよ」

まあそんな日が来るとは思えないけど、とわざとふざけた口調でそう言った。

「田中……」

「でもま、人間の気持ちが『永遠』にかわらないとは限らないし」

顔を上げると田中は僕の顔を覗き込むようにして笑った。

「楽観主義すぎるかな」

「田中……」

「ま、お前が俺との未来を考えてくれる頃に、俺の気持ちがメキシコ美人に移ってたら申し訳ない」

パチ、と片目を閉じた田中の首に僕は両手を回し、彼の身体を力一杯抱き締めた。

「ごめん」

田中は驚いたように一瞬身体を引きかけたが、僕が小さく詫びるのを聞くと、彼も笑いながら、僕の背を抱き締め返してくれた。

「謝るなって」

いつもいつも僕を支えてくれた彼は、今も僕をその力強い両手でしっかりと支えてくれている。

「元気でな」

囁く彼の声はかすかに震えているようにも感じたが、僕はもう彼の顔を見返すことができなかった。

見てしまったらきっと僕は——また彼を傷つける言葉を口にしてしまうに違いなかった。

甲高いカモメの声が再び僕たちの周囲で聞こえ始める。ずっと聞こえていたかもしれないその声にようやく耳を傾けられるようになった僕の閉じた瞼《まぶた》に、幻の白い鳥が青い海の上を、眩しいほどの陽光を浴びながら横切っていった。

その青い海はこの東京湾ではなく——あのとき『彼』と見た、タヒチの海ではあったのだけれど。

行こうか、と田中が僕の背を叩いたとき、流石《さすが》に涙もつきたのか僕の頬は乾いていた。

「ひどい顔」

田中はそう笑うと、僕の髪をくしゃくしゃと撫ぜた。

「長瀬の顔も見納めだっていうのになあ」

「見納め？」

驚いて問い返した僕に、

「そう、月曜の出発なんだ」

田中は何でもないことのように答え、サイドブレーキを解除した。

「月曜？」

知らなかった、と僕が唖然《あぜん》としているうちに車はUターンし、再び晴海通りに向かって走り始めた。

「言ってなかったか？」

「知らないよ」

あまりに急な話に動揺する僕に田中は、

「ああ、ちょうどお前が夏休み取ってる間にビザが取れて、ばたばたと日程が決まったんだ。引き継ぎは全部済んでるし、向こうの駐在員からも急《せ》かされてたしな」

そこまで一気に言うと、にやり、と笑ってみせた。

「ま、ゴルフだけはやってから行こうと、内緒でちょっと出発遅らせたんだけどな」

「そうなんだ……」

夏休み明けではあったが、ぼんやりしていたにもほどがある、と僕は自分で自分に呆《あき》れ返りながらも、月曜日の予定をざっと頭に思い浮かべた。八月はそれほどタイトな予定を組んでいない。

「何時の飛行機？」

「五時半のＪＡＬ。直行便だ」

十五時間以上も乗るんだぜ、と笑う田中に僕は、

「見送りに行くよ」

と告げた。

「仕事中だろ」

いいよ、と田中は僕が冗談か社交辞令を言ったかのようなリアクションをみせた。

「行く」

「いいって」

「行くよ」

「長瀬……」

田中はようやく僕が本気で『行く』と言っていることに気づいたようで、戸惑ったような声で僕の名を呼んだ。

「『ひどい顔』のまま別れるのはちょっとね」

無理やりに笑ってそういうと、田中も無理やりのように笑って、片手で僕の頭を小突《こづ》いた。

「無理するなよ」

「他に見送りは？」

「平日だからな……吉澤と尾崎も来たいとは言ってくれたがわからないな」

親と弟が来るよ、と田中は笑い、それから彼の家族の話などをしているうちに車は築地のマンションの前に到着した。

「それじゃ。本当に無理するなよ」

田中がトランクから僕のゴルフバッグを取り出してくれながら僕に向かって笑いかける。

「うん」

でも行くから、と言うと、田中は、やれやれ、というように笑い、

「それじゃあな」

と僕に片手を挙げてまた運転席へと戻っていった。

軽くクラクションを鳴らして田中の車が走り去ってゆく。

「……ごめん」

彼の車が視界から消えるまで見つめ続けた僕の口から無意識に零れたのは、やはり彼への謝罪の言葉だった。

エレベーターを降り部屋へと向かう。キイを鍵穴《かぎあな》に差しながら、僕は今更のように自分が桐生を裏切ろうとしていたという事実の前に足を竦ませてしまっていた。

彼は僕の今日の行動をきっと見抜くに違いない、というなんの根拠もない思い込みが、僕の手を震わせていた。それだけの決意を以っての行動だったにもかかわらず、実際そうと気づいた桐生が自分を許さないのではないか、という思いに打ちのめされそうになりながら僕は部屋の鍵をあけ、そっとドアを開いて中へと足を踏み入れた。

部屋の中に人の気配はなかった。ゴルフバッグを玄関に置き、彼の書斎を、そして二人の寝室を覗いたが、桐生の姿を見出《みいだ》すことはできなかった。そのことに安堵している自分に僕は激しい自己嫌悪の念を抱きつつ、再び寝室へと足を運ぶと壁に飾られた青いパレオの前に立った。

『来年も再来年も――』

美しいタヒチの海を前に、彼の言葉に涙を流してから二週間しか経《た》っていないのにもかかわらず、僕は――。

気づいたときには僕はそのパレオを握り締め、止めたピンを飛ばしながら壁から引き剝いでいた。乾いた音を立ててピンが床に落ちる。その音に誘われるかのように僕も床へと蹲《うずくま》りそのまま身体を横たえると手の中のパレオを力一杯抱き締めた。

「痛……っ」

まだ布に残っていたピンが僕の腕を刺す。僕は一瞬ピンを外そうとパレオを抱く手を緩めかけたがすぐに思い直し、益々強い力でその布を抱き締めた。

ピンがより深く腕に刺さる痛みに眉を顰めながらも、僕はその痛みを求めるかのようにあのタヒチの海を思わせる美しい青い布をいつまでも抱き締め続けた。

そのとき僕が求めていたのは痛みではなく――あまりにも自分勝手な贖罪《しょくざい》だったのかもしれなかった。


不意に周囲が明るくなったことで僕は我に返った。転寝《うたたね》でもしていたかのように頭がぼんやりしていたが、身体を捩りドアの方を見やったときに腕に刺さるピンが動いて新たな痛みを生み、僕を一気に覚醒《かくせい》させた。

「何をしている」

部屋の明かりのスイッチに手をやったまま、桐生がドアのところに佇んで僕を見下ろしていた。手に数冊文庫本を抱えているところを見ると本屋にでも行っていたのだろう。

「おかえり」

知らぬ間にパレオに包まるようにして身体を横たえていた僕はゆっくりと半身を起こし、桐生を真っ直ぐに見返した。

「…………」

桐生は無言で僕の方へと近づいてくると、布越しに僕の腕を摑んで僕を立たせようとした。

「…っ」

丁度ピンの刺さったところを摑まれ、さらに深く腕に刺さるその痛みに僕が顔を顰めたのを見て、桐生が端整な眉を顰める。立ち上がった僕の身体から彼はパレオを剝ぎ取った。

「……おい」

それで初めて彼は僕が顔を顰めた理由を察したらしく、驚いたように再び僕の腕を摑むと紅く血の滲む小さな傷口をまじまじと見つめた。

「……離してくれ」

彼に摑まれた腕から次第に血の気が失せてくるような気がする。それは僕の腕を摑む桐生の手の力強さのためだけじゃない、彼の射るような視線が僕の腕のその小さなピンの刺し傷を広げ、目に見えぬ鮮血を流させていたからかもしれなかった。

「何をしている？」

その桐生の鋭い目が腕の傷から僕の顔へと移る。数秒、互いに無言で目を合わせたあと、その眼光の鋭さに耐え切れず先に目を逸らせた僕の顎を、桐生はもう片方の手で乱暴に摑んできた。

「言えよ」

無理やり僕の顔を自分の方へと向けさせながら、押し殺した声でそう言う桐生の顔は、まるで仮面でも被《かぶ》っているかのように表情がなかった。無表情のまま僕を真っ直ぐに見下ろす彼の視線に、不機嫌なときの彼にすら感じたことのない恐怖の念が僕の内に生まれてくる。

「…………」

何故にこんなにも彼が恐ろしいのか、僕にはその答えがわかっていた。全てを見通すような彼の視線に僕の今日の行為を、心を見抜かれるのが怖かった。

田中の前にこの身を投げ出そうとしたことを知れば、桐生は一体どう思うだろう。そのことに思いを馳《は》せるだけで僕の身体は自然と震え始めていたにもかかわらず、僕の口から零れた言葉は、己の意識をあまりに裏切るものだった。

「……田中に……抱かれた」

その言葉を聞いた瞬間、驚くように見開かれた桐生の目に一瞬の表情が生まれたが、すぐにそれは瞳の奥に吸い込まれて消えた。再び無表情のまま僕を見下ろす桐生の視線を無言で受け止めながら、僕は自分が一体何を思ってそんなことを言っているのか、自身の心を持て余し、その場に立ち竦んでしまっていた。

「……本当か」

桐生の唇が僅かに動き、僕に問いかけてくる。

「……ああ」

何故僕は頷いているのか――己の内に芽生えた疑問に思いを馳せるより前に、顎を掴んでいた手を乱暴に振り下ろされ、僕は勢い余って床へと倒れこんだ。身体を起こそうとした僕の上に桐生は伸《の》し掛かってくると、僕の両手を捕らえて頭の上に上げさせ、そのまま僕の着ていたポロシャツを一気に引き剝《む》いだ。

掴まれた腕の痛みに顔を顰めた僕のスラックスから桐生はベルトを引き抜く。一瞬手にしたそれに桐生は目を留め、やがてそれを僕の頭の上まで持ってくると、片手で押さえ込んでいた僕の両手首をそのベルトを使って無理やりぎゅっと縛り上げた。

「……っ」

緊縛に、過去の記憶が蘇る。無理やり彼に社内の会議室で抱かれていた頃、悪ふざけのように僕のネクタイやベルトで手足を縛られ犯されたときの、身体と心に受けた屈辱《くつじょく》までもが一気に僕の内に蘇り、再び恐怖めいた思いに捕らわれた僕は彼の腕から逃れようと大きく身体を捩った。

が、桐生はあの頃と同じく、少しの容赦もない乱暴な手で僕からスラックスや下着を剝ぎ取り、僕の下半身を裸に剝いてゆく。

「やめろ……っ」

うつ伏《ぶ》せにさせられ、無理やり腰を高く上げさせられた。自由を取り戻そうと両手を動かすたびに革のベルトはきつく締まり、手首に食い込んでくる。その痛みに顔を歪める間もなく、いきなり双丘《そうきゅう》を割られたと思った途端、そこに熱い塊《かたまり》が押し当てられ、身体を竦める間もなく一気に奥まで貫《つらぬ》かれてしまった。

「……っ」

あまりの痛みに悲鳴をあげた僕に構わず、桐生は僕の胴を両手で掴んで己の方へと引き寄せると、そのまま激しく腰を使い始めた。逆らえば逆らうだけ辛くなるのはわかっているはずなのに、無意識の所作《しょさ》なのだろうか、僕は必死で彼の身体の下から逃れようと無駄な抵抗を試み続け、そのたびに彼に乱暴に引き戻されては、更なる苦痛を与えられた。

ベルトは益々僕の手首に食い込み、肌と擦れて血すら滲み始めていた。桐生は逃げようとする僕の身体を、雄を僕に挿入《そうにゅう》したまま横へと返すと、片脚を高く上げさせ尚も奥まで僕を突き上げてきた。

「やめ……っ」

彼の雄が僕の奥の奥を抉《えぐ》るたびに、鈍く重い痛みが僕を捕らえ、苦痛の悲鳴が上がった。更に脚を上げさせられる体勢的な辛さも、身体の芯《しん》に響くようなその痛みに拍車をかけてゆく。

単調なまでに延々と続く彼の突き上げに、終わりは来ないのではないかという錯覚に陥り

ながら、僕は苦痛を逃れるためにまた自分で上へと擦り上がろうとし、床に擦れる腕を捕らえるベルトが擦れるその痛みにまた呻《うめ》いた。

「……もうっ……」

やめてくれ、と心の中で叫びながら僕は頭の上の両腕の縛《いまし》めを解こうと手を振り回したが、すぐに気づいた桐生に片手でそれを制され、押さえ込まれたその腕で己の顔を床へと押し当てられてしまった。抵抗すればするほど肉体的な苦痛が増すことがわかっているにもかかわらず、更に彼の腕を跳《は》ね返そうとしている自分に気づき、僕は不意に己の内に芽生えた思いに愕然《がくぜん》としてしまった。

僕は――苦痛を求めている――？

戸惑いが僕の身体から力を抜かせた。気配を察したのか、僕の身体の上の桐生の動きも一瞬止まる。

「…………」

僕の腕を押さえ込んでいた彼の手が緩んだ。頬に当たっていた己の腕をわずかに持ち上げ、僕は桐生の顔を見上げた。

「……気が済んだか？」

着衣のままの桐生が、無表情のままそう言い、僕を見下ろしている。

「…………」

一体彼は何を言っているのだろう——言葉の意味はわからなかったにもかかわらず、気づけば僕は首を激しく横に振っていた。

「…………」

桐生は無言でそんな僕を尚も見下ろしていたが、やがて小さく息を吐くと、その雄を僕から引き抜き、僕の身体を乱暴な手つきで放り出した。床に打ちつけられた膝が痛い。まだ着衣のままだった桐生が手早く自身の服を脱ぎ捨てるのを肩越しに見上げながら、僕はあたかも更なる苦痛を求めるかのように自身で縛られた両腕を動かし、肌を擦る革の痛みに顔を歪めた。

全裸になった桐生が僕に覆いかぶさってくる。彼は血のにじむ僕の手首に一瞬視線を注いだあと、見てはいけないものを見たかのように視線を逸らせると、やにわに僕の両脚を摑んでその場で大きく開かせた。

それから再び延々と、少しも快楽を伴わない彼の突き上げが続き、最後は感覚すら失ってしまった僕の後ろで桐生は自棄になったかのように精を吐き出しきると、意識も朦朧《もうろう》としてきた僕の身体をそっと離した。

「…………」

今までの乱暴な行為が嘘のようなその腕の優しさに、深淵《しんえん》へと沈みかけた僕の意識が一瞬覚醒する。

「……気が済んだか」

先ほどと同じ言葉を静かに告げた彼に僕は頷いたのだったか――今まで少しの表情も浮かべていなかった桐生の瞳に過ぎる影を見たのを最後に、僕はそのまま気を失ってしまったようだった。


どのくらいの間、意識を失っていたかわからない。気づけば僕はベッドに寝かされ上掛けをかけられていた。全裸ではあったけれど、手首からは緊縛も解かれ薬を塗られたあともあった。

起き上がって周囲を見回し、桐生の姿を捜す。電気をつけようとドアのところまで歩いてゆき、室内に明かりを灯した僕の目に一番に飛び込んできたのは、以前と同じところに飾られた壁を覆うパレオの青だった。

「………………」

僕はパレオを眺めたままドアを背にしてしゃがみ込み――両手に顔を埋めた。

『気が済んだか』

桐生は――気づいていたに違いない。

僕が欲しがっていたものが何かを。田中を傷つけた僕が、桐生を裏切ろうとした僕が、その罪悪感から逃れようとして求めたのが自身への『罰』であったということに、僕が気づくより前に桐生は気づいていたに違いなかった。

肉体的な苦痛を自身に与えられる『罰』にすり替え更なる苦痛を求める僕に、彼は何も言わずに僕の求めるとおりの行為で応えてくれた。

『気が済んだか』

彼がどんな思いでその言葉を僕に告げたのか——気を失う直前に見た彼の瞳に射《さ》した影こそ、彼のやりきれなさを物語っていたものではないのか。

かちゃ、と背中でドアノブが回る音がした。僕が背にしたドアが静かに開かれようとする。思わず体重をかけ、ドアが開くのを制した僕に、桐生の声が響いてきた。

「開けてくれ」

「駄目だ……」

僕はドアを背にしたまま、立てた膝に顔を埋めた。

「長瀬」

「……駄目だ……」

涙が膝に落ちる。とても今は桐生にあわせる顔がなかった。田中を傷つけただけじゃない、桐生をも傷つけたに違いない自分の愚《おろ》かさがどうしても僕は許せなかった。

自身の苦悩の昇華に彼を利用しようとしたことも、それがわかっていながらにして彼が僕に救いの手を差し伸べてくれたことも、その腕を自分が何のためらいもなく享受し、一人苦痛から逃れようとしてしまったことも——自分の愚かしい行為がどうしても僕には許せず、そんな愚かな自分に手を差し伸べてくれた桐生に対する申し訳なさが募るあまりに、僕はどうにも彼と顔を合わせる勇気が出ずに、その場に蹲り続けてしまっていた。

「いいから開けろ」

乱暴なくらいの力で、ドアが無理やり開けられ、僕は前にのめりそうになって両手を床についた。

「……なんて格好だ」

桐生の声は普段と全く同じだった。反射的に肩越しにそんな彼の顔を振り返った僕の腹に彼は腕を回してその場に立たせると、

「誘ってるわけじゃないだろう」

と僕を抱き上げ、そのままベッドへと運んだ。

「……桐生」

ベッドにそっと下ろされた僕は、片側に座って顔を見下ろしてくる彼の名を呼ぶ。

「寝ろ」

桐生はそんな僕の目を覆うように片手を僕の顔へと持ってきた。

「……桐生……」

彼の掌を僕の涙が濡らすのがわかる。泣いて許しを乞《こ》うような卑怯な真似はしたくないのに、僕の意思に反して涙は溢れ、言葉を途切れさせた。

「……寝ろ。話は明日だ」

桐生は僕の涙を全く無視した。それがどれだけ僕にとって救いになっていたか、言わずとも彼にはわかっていたに違いない。

「……うん」

頷いた僕の瞼から桐生は掌を退けた。

「傷は？　痛むか？」

「……いや……」

本当は手首の傷も、身体のあちこちに残る擦り傷も、そして彼に攻めたてられた後ろも、先ほど与えられた痛みに疼《うず》いてはいたのだけれど、それを告げる気はなかった。

「そうか」

桐生も敢えて聞き返そうとはせず、淡々とした口調で答えると、ベッドから腰を上げた。

「ゆっくり眠るといい」

言いながらドアの方へと歩み寄り、明かりを消してくれようとする。

「桐生」

思わず呼びかけ、スイッチにかかった彼の手を僕は止めさせた。

「ん？」

「点《つ》けておいて貰えるかな」

明かりを、と言った僕の顔を桐生は一瞬見つめたが、やがて軽く頷くとそのままドアから出て行った。パタン、と閉まるドアを見やったあと、僕は頭を巡らせ、壁にかかるあの青いパレオへと視線を移した。

明かりをつけておいてくれ、といったのは、この布を見たいが為《ため》だった。タヒチの青い海そのもののこの布を眺める僕の脳裏《のうり》に、かの地で過ごした幸せ過ぎるほどの日々があまりにも鮮明に蘇る。

桐生がこの布を壁に戻しておいてくれたことに、深い意味はないのかもしれない。落ちていたものを戻しただけのことなのかもしれないのに、僕は彼のその行為に、僕が抱いているのと同じ意味を彼が抱いてくれていると、願わずにはいられなかった。

それがあまりに独りよがりな思い込みであるということは、僕にもわかりすぎるほどにわかってはいたのだけれど、そう思いたいと願う気持ちを止めることはできなかった。

何時《いつ》の間にか眠ってしまっていたらしい。ふと目を開いた時には室内の明かりは消されていた。明かりを消してくれたであろう桐生の姿をベッドの上に探したが伸ばした手は空《むな》しく敷布《しきふ》の上をすべるだけで、彼が身体を横たえた気配すらなかった。

枕もとの時計を見やると深夜三時を指している。まだ起きているのかな、と思いながら喉の渇きを覚えて僕はそろりとベッドから身体を滑り落とすと、そのまま何も身に着けずに部屋を出てキッチンへと向かった。

リビングの明かりも消えていた。が、窓から入る月明かりに照らされたソファの上に人形に盛り上がったシルエットを見つけ、僕はキッチンに行く足を止めて暫しその方を見やった。目が暗闇《くらやみ》に慣れてくるのを待つまでもなく、今夜の寝床を定めたらしい桐生の姿がそこにある。規則正しく上下するその肩の動きから彼が眠っていることを察した僕は、音を立てぬようにしてそっとソファの傍《かたわ》らへと近寄っていった。

桐生はやはり眠っているようだった。薄暗い部屋の中に浮かび上がる彼の端正な顔を、僕は何故か珍しいものを見るような気持ちで見下ろした。

ああ、僕は彼が目を閉じている顔を見たことが殆《ほとん》どないからだ、ということに気づいたのは、随分時間が過ぎてからだった。僕よりも早く目覚め、僕よりも遅くに眠る彼の無防備な寝顔を考えてみたら僕は今までに殆ど見たことがなかった。

目覚めるときも眠りにつくときも、僕を見下ろし、時に微笑みに細められ、時に何をも看《かん》破《ぱ》するかのように鋭く見据えてくるその眼差《まなざ》しは、今彼の瞼に覆われている。意外に長い睫《まつげ》が、の影が頬に落ちてかすかに震えているそのさまを、僕は飽きることを知らないように、いつまでもその場に佇んだまま見下ろし続けた。

どれほどの時が経ったのだろう。さすがに冷房の効いた室内で裸のままでいた僕は肌寒さを覚えてぶるりと身体を震わせてしまった。両腕で身体を抱くようにしたとき、自分の肌がすっかり冷たくなっていることに我ながら呆れてしまい、もう寝よう、と僕は踵《きびす》を返すとまた足音を忍ばせて桐生の眠るソファから遠ざかろうとした。

「…………」

とそのとき、後ろから腕を摑まれ、僕は驚いて肩越しにソファを振り返った。

「風邪ひくぞ」

ぱちりと片目を開けた桐生が僕を見上げてにやりと笑う。

「……起きてたのか」

いつから彼は目覚めていたというのだろう。悪趣味だな、と言葉を続けようとした僕の視界に自分の傷ついた手首が飛び込んできた。途端に僕の脳裏に自身を苛む後悔の全てが蘇り、今更のように僕はいつもと少しも変わらぬ彼の前で言葉を失い、深く頭を垂れた。

「……起きてた」

桐生は僕の腕を摑んだままソファの上で半身を起すと、そのままその手を引いて僕の身体を自身の前へと導いた。

「おいで」

先ほどの荒々しい所作とはまるで違う、触れるくらいの弱い力で桐生は僕の腕を引くと僕を同じソファへと座らせ、自分の胸へと抱き寄せた。彼と身体を合わせている部分だけが温かい。

「冷え切ってるじゃないか」

呆れたようにそう言うと桐生は自分のかけていた上掛けを手繰《たぐ》り寄せ、僕の裸の背をそれで包んだ。

「ごめん……」

詫びながら僕は、自分が何を詫びているのかを告げなければと顔を上げ――僕を見下ろす桐生の瞳が、月明かりを受けて煌いているその美しさに言葉を失ってしまった。

「……何を謝る？」

桐生が布越しに僕の背を力強く抱き寄せる。先ほどまでは閉ざされていた彼の瞳の美しさに益々魅入られる思いがしながら、僕は今、自分が何を言うべきであるかに意識を集中させようとした。

桐生が普段と変わらぬ様子であるのは、僕に対する気遣いの表れに違いない。その彼の優しさに甘え、今日の出来事を全て『なかったこと』として流してしまうことだけは絶対にしたくなかった。彼には全てを告白して詫びたかった。

彼はどんな思いを抱きながら僕を『陵辱《りょうじょく》』したのか、それを考えるだに激しい自己嫌悪と尽きせぬ彼への謝罪の思いが僕の内に湧《わ》き起こり、思わずその胸に縋り付き再び謝罪の言葉を口にしかけた僕の背を、桐生は尚も強い力で抱き寄せると、静かな声で囁いてきた。

「謝ることなど何もないのに」

「……違う」

首を横に振り、身体を離そうとする僕の背を桐生が益々強い力で抱き寄せる。

「……違わない」

「違う」

謝罪の言葉を封じられ、僕は一瞬途方に暮れてしまったのだと思う。話を聞いてくれと彼の顔を覗き込みたいのに桐生は僕の背に回した腕を緩めず、しっかりと抱き締めながら唇を僕の髪へと押し当ててきた。

「……違うよ……」

「違わないさ。謝ることなど何もない」

桐生の唇が僕の髪から額へと、そして頬へと落ちてくる。

「違う……」

尚も首を横に振ろうとする僕の頬に手をやり、桐生は僕の額に、頬に、そして時に唇に、細かいキスを何度も何度も落とし続けた。

唇の温かさが、ついばむようなキスの優しさが、だんだんと僕の気持ちを落ち着かせてゆく。冷静になればなるだけ彼に謝らなければいけないという思いが先に立ち、口を開きかけると、そのたびに桐生は僕の唇を彼の唇で塞いで言葉を奪った。そうしてどのくらいの時が流れただろう。少し長いくちづけのあと、桐生はようやく僕の身体を離すと、僕と額を合わせ、微笑みかけてきた。

「……ほっとした」

「……え？」

何に、と問い返そうとした僕の髪を桐生の細く長い指が梳く。

「……出て行くんじゃないかと、気が気じゃなかったからな」

「……え？」

首を傾げたのは言葉の意味がわからなかったからなのだが、桐生は苦笑するように笑うと、僕の頬を両手で挟み、唇を重ねてきた。

「わからなくていいさ」

「……桐生……」

唇が触れ合う直前に彼の名を呼ぶと、桐生も一瞬動きを止め、僕に囁きかけてきた。

「お前がここにいる……それだけでいい。他の何処《どこ》でもない、今、お前が俺の腕の中にいる」

「桐生……」

思いもかけない彼の言葉に驚いた僕が思わず身体を引いて顔を見返すと、桐生は月明かりに煌く瞳を微笑みに細め、言葉を続けた。

「……謝る必要など何もない。お前がいればそれだけで俺は……充分《じゅうぶん》だ」

「桐生」

これは――夢、だろうか。

己の願望が見せた夢か。僕が彼に抱く気持ちをそのまま彼が僕に口にした、これが現実であるという幸運を僕は享受しても許されるのだろうか。

やはり夢に違いないと僕はゆっくりと首を横に振り、彼の顔を見上げた。視界が涙でぼやける。やはり夢じゃないかと自虐《じぎゃく》的なまでに思い込もうとしている僕の耳に桐生の力強い言葉が、あまりにもリアルな響きをもって聞こえてくる。

「何処へも行くな。俺がお前に望むのはそれだけだ」

「桐生……」

馬鹿の一つ覚えのように彼の名しか呼べない僕の背を、桐生は再び強く抱き寄せてきた。

『何処へも行くな』というその言葉どおりに、僕の動きを封じる彼の腕の力強さに、次第にこれが現実の出来事なのだという認識が僕の内に芽生えてゆく。

かった。


「嘘だ……」

現実で在ろう筈《はず》がなかった。こんなにも僕が望んでいる言葉を、桐生が口にするわけがなかった。

「嘘なもんか」

またも苦笑するように笑い、桐生が唇を僕の髪に押し当てる。

「嘘だ……」

涙で声が掠れた。僕は幸せな夢を見ている。自身に必死でそう言い聞かせようとしているのに、頭のどこかではこれが紛《まが》うかたなく現実の出来事であることを受け入れそうになっている。分不相応な奢《おご》りを必死で退けようとしている僕を宥《なだ》めるかのように桐生は何度も唇を僕の髪に押し当てながら静かに僕に囁き続けた。

「嘘じゃない」

「……嘘だ……」

それでも信じようとしない僕の頑《かたく》なさに、桐生は呆れたような溜め息をついてみせたあと、僕の背を抱き直し、僕の顔を彼の胸に押し当てた。

「……嘘じゃないと言ってるだろう」

桐生は僕の髪を梳きながら、僕が顔を上げようとすると頭を押さえて制した。

「二度と言わないから、よく聞いておけ」

彼の声音《こわね》がさらに低くなる。何を言うつもりなのだろうと僕は彼の腕の中で身体を硬《かた》くし、彼が再び口を開くのを待った。桐生は言葉を選ぶかのように暫く僕の髪を梳いていたが、僕が顔を上げかけると再び僕の頭を軽く押さえてそれを遮り、静かに語り始めた。

「……昔から俺は、彼だけには心のどこかでかなわないような気がしていたのだと思う」

「……え？」

桐生が何を言い出したのかわからず、僕は小さく声を上げたが、桐生はまた僕の頭を掌で軽く彼の胸へと押さえ込んだ。

「……お前は皆に愛想はよかったが、心を開いているのは彼にだけだと気づいていたからかもしれない。力で捩《ね》じ伏せても俺には決して見せようとしなかった素のままの顔を、お前は惜しげもなく彼の前では晒《さら》しているように感じていた。俺が手にしたくて必死になっているものを彼は何の苦もなく手に入れていた、それが悔しいのだと思い込もうとしていたが、実際のところは俺は彼を——」

僕の髪を梳く彼の手が止まる。彼、というのはもしや——また も顔を上げようとした僕の動きに我に返ったかのように桐生は再び僕の髪を梳き始めると、静かに言葉を続けた。

「きっと、俺は心のどこかで彼を恐れていたのだと思う」

「桐生……」

「彼のお前に対する無償の愛を目《ま》の当たりにした瞬間、俺は自分が何故彼を厭うていたか、その思いに気づいて愕然としてしまった。今まで人にかなわないなどと思ったことはなかったにもかかわらず、どう冷静に考えても彼の存在は俺にとって脅威以外の何ものでもなかった。お前も心を開き、彼もお前に心を開いている。それを思うだけで俺は彼に対して抑えきれない嫉妬《しっと》を感じたが、その彼がお前を――俺がお前を想うように想っているとわかったあとは、尚更だった。他の誰がお前を俺から奪おうとしても退ける自信はある。でも彼だけは――田中だけは、お前をさらっていくかもしれないと――」

「桐生」

彼の制する手を振り切り、僕はその胸から顔を上げて桐生の顔を見上げた。はじめて名前が出た桐生の言う『彼』――桐生が唯一嫉妬するという男の顔と目の前の彼の顔が重なる。

桐生はふいと僕から目を逸らすと、再び強い力で僕の頭を押さえ込むようにして己の胸に押し当てた。大人しくされるがままになりながら、僕は両手を彼の背に回し、ぎゅっとその身体を抱き締め返した。

「……それでもお前は今、ここにいる……」

桐生の僕の背を抱く手にも一段と力が籠められる。

「……それでいい。それだけで俺は満足だ」

「桐生……」

僕も益々強い力で彼の身体を抱き締めながら、自分の内に渦巻く思いを伝える術《すべ》を持たないことに、やりきれないほどの苛立《いらだ》ちを感じていた。

「……どこにもいかない」

言葉は胸に溢れる思いを語るにはあまりにも上滑りなものに感じた。が、僕は告げずにはいられなかった。

「ここにいる。何があっても僕はここにいるから……」

「長瀬」

桐生が僕の名を呼ぶ。その声音の優しさに縋りつくような思いで僕は言葉を続けた。

「お願いだから……ここにいさせて欲しい」

「長瀬」

桐生の腕が僕の背をすべり、両手でしっかりと僕の身体を抱き寄せてくれる。

「……このまま……絶対に僕を離さないでいて欲しい」

「誰が離すか」

馬鹿、と笑った桐生の顔を見上げた途端に唇を塞がれた。くちづけを交わしながら僕はソファの上でより彼と身体を密着させようと身体を動かそうとした。察した桐生が僕の背に回した手を腰へと下ろしてくると、僕に両脚を開かせ彼の膝を跨《また》ぐように僕の身体を導いてくれた。

はらりと僕の背を上掛けが滑り、床へと落ちてゆく。自分で自分の前半身を彼に押し当て

るようにして唇を重ね続ける僕の雄は彼の着衣に擦れ次第に形を成してきた。内腿《うちもも》に感じる彼の雄も熱い。

「……辛くないか？」

かすかに唇を離しながら桐生が問い掛けてきたのは、先ほどの行為を慮《おもんぱか》ってのことだったのだと思う。僕は無言で首を横に振ると、彼の熱さを求めるかのように積極的に己自身を彼の腹へと擦りつけ、内腿を動かし彼を煽《あお》った。

「……こんなに狭いところでやることもないな」

くす、と笑いながら桐生が僕を抱いたまま立ち上がり、横抱きに抱き直すと真っ直ぐに寝室に向かって歩き始める。その背に縋りつきながら僕はたまらず自分の唇を彼の首筋へと押し当て、気持ちの昂ぶりを伝えた。

ベッドに下ろされ、自身の着衣を脱いだ桐生が僕に覆い被さってくる。

「……離さない」

「……離れない」

言いながら僕は彼の身体の下で大きく脚を開くと、その逞《たくま》しい背を力いっぱい両手両脚で抱き締めたのだった。

5

月曜日は半休をとったものの、二時過ぎまで客先を回り、その足で僕は成田空港へと向かった。

田中は三時半頃空港入りするらしい。吉澤と尾崎も半休を取って見送りに来るという連絡をもらい、彼らとはＪＡＬのカウンターで待ち合わせることにした。思いのほか早く空港につき出国ロビーを見回すと、田中は既に到着していて、ご家族らしき方々と椅子《いす》に座って談笑していた。

「田中」

声をかけると、

「なんだ、ムリするなって言ったのに」

田中は笑って立ち上がり、僕にご両親と弟さんを紹介してくれた。

「いつもお世話になりまして」

田中はどちらかと言うと父親似らしい。でもお母さんにも目が似てるな、などと思いながら、

「いえ、お世話になっているのは僕のほうです」

と慌てて頭を下げ返し、暫く僕たちは当たり障《さわ》りのない、メキシコの気候やお国柄について話し続けた。

「吉澤と尾崎も来るらしいよ。四時にＪＡＬのカウンター前で待ち合わせた」

「なんだ、皆、仕事はいいのかよ」

田中は呆れた口調になったが、やはり嬉しそうだった。来てよかったな、と思いつつも、ご両親の手前、一昨日の話題に少しも触れられないことに、かすかな苛立ちと、やはりかすかな安堵を感じ、僕は一人小さく溜め息をついた。

「そろそろ来るかな」

言いながら田中が同期たちの姿を捜すようにカウンターの方を伸び上がるようにして眺め――彼が驚愕に目を見開いたのを見て、僕は何事かと後ろを振り返り、やはり驚きのあまり言葉を失ってしまった。

ＪＡＬのカウンターを背に立っていたのは――桐生だった。

「……お前が？」

田中が戸惑ったような視線を僕へと向けてくる。

「いや……」

確かに田中のフライトは彼に教えてはあった。「いつ行くんだ」と聞かれ月曜の五時二十五分のＪＡＬ、と答えただけで、僕は自分が見送りに行こうとしているということすら彼には伝えてなかったのだった。僕たちが気づいたとほぼ同時に桐生も僕たちの存在に気づいたようだ。

「あら、またお友達が来てくださったの？」

田中の母親の問いかけに、僕は愛想笑いで答えながらも、一体桐生は何をしに来たのだろうと、真っ直ぐに僕たちに向かって近づいてくる彼の長身を見つめてしまった。

「やあ」

僕の目の前で桐生は田中に右手を出し、田中は一瞬戸惑ったような視線を彼に向けたあと、その右手を握り返した。

「久し振り」

「本当に」

二人とも笑顔を浮かべてはいたが、その間に妙な緊張感が走っているのは一目瞭然《いちもくりようぜん》だった。

「だれ？」

敏感に察したらしい田中の弟が僕に囁いてくる。

「同期だよ」

答えてやりながらも僕も何故か緊張してしまい、二人の様子を見守っていた。が、そのと

き、

「桐生！」

大きな声がロビーに響き渡ったかと思うと、吉澤と尾崎が駆け寄ってきたものだから、気を削がれたように桐生と田中は視線を外しあい、握手を解いた。そのことに安堵の息を漏らす自分もどうかと思うが、それより何より、桐生は一体何を思ってここに来たのか、その方が気になってしまい、僕は彼の姿を目で追った。

「ああ、久し振り」

涼しい顔をして吉澤や尾崎に笑いかけている桐生の目には僕の姿は映っていないかのようである。

「なんでなんで？　なんで桐生がここに？」

「ああ、今日出発だと聞いたから、見送りにな」

答えながら桐生は僕ではなく田中を見た。田中は一瞬驚いたような顔をしたが、やがて、

「わざわざ来てくれて嬉しいよ」

話をあわせ、そう笑い返した。

「なんだ、桐生と田中って連絡取り合ってたんだ」

「知らなかったよ」

驚きながらも納得している彼らの様子にほっとしているのは、彼らの口から桐生が来たこ

とが野島《のじま》課長に知れた場合を考えてしまったからだった。

いつまで自分は彼との関係を周囲に隠し続けるのだろう。公にするようなものではないとは思うが、嘘をついてまで隠しきろうとするのは醜い保身の思いからか——またも僕が自己嫌悪に陥りかけているのを察したかのように、田中が明るい声で笑いかけてきた。

「これで部門同期、勢ぞろいだな」

「ほんとにそうだよ」

「桐生、今、何やってんの？　勤め先、外資だっけ？」

わいわいと明るく話は弾み、時折田中のご家族も参加して笑い合っているうちに、そろそろ田中が搭乗しなければならない時間が近づいてきた。

「じゃ、元気でな」

「メキシコ、遊びに行くぜ」

「仕事で行かれるよう、頑張るから」

口々に田中に声をかけ、順番に彼と握手を交わした。

「……ありがとう」

いよいよ出発と思うと、僕は胸に迫る思いを抑えられず、ただそう言って彼の手を握り締めた。

「『ありがとう』は俺の台詞《せりふ》だろ」

田中は大きな声で笑うと、

「見送りありがとう。長瀬も元気で」

と僕の手を握り返し、もう片方の手で僕の背中を痛いくらいの強さで二度叩いた。

「田中も」

人目がなければ泣いてしまっていたかもしれない。僕も無理やり笑顔を作ると、彼の背中をやはり強い力で叩き返した。

「痛いなあ」

自分のことを棚にあげて田中がオーバーに顔を顰めて周りを笑わせている。

「それじゃな」

ぞろぞろと出国ゲートまでついていった僕たちは、いよいよゲートに入ろうとする彼に向かって皆で手を振った。

「田中」

先ほどは『元気で』などと簡単な挨拶《あいさつ》を交わしただけだった桐生が、背中を向けた田中に不意に声をかけたのに、僕は驚いて彼の方を見やってしまった。田中も少し驚いたような顔をして桐生を振り返る。

「あとは任せろ」

にっと笑って桐生はそれだけ言うと、田中に向かって片手を上げた。

「…………」

田中は一瞬何かを言おうと息を呑《の》んだが、やがて彼もにっと笑うと、

「じゃ、またな」

と桐生に手を上げ、僕たちの方も振り返って大きくその手を振った。

「三年後に会おう」

桐生に挑むような視線を向けながら、田中はそう大きな声を出した。

「おう、三年後な」

「遊びに行くぜ」

皆もつられたように大声で口々に叫ぶ中、僕も何かを叫びたかったが言葉が出てこなかった。

「元気で！」

ようやくそれだけ言った僕の方を田中は最後に振り返ると、黙ってにっこりと笑ってくれた。そのまま出国ゲートを通り抜け、田中の姿は自動ドアの中へと消えていった。

「万歳三唱とかすればよかったよなあ」

「馬鹿じゃねえの」

わいわいと笑い合いながら僕たちはゲートを離れ、田中のご家族に挨拶をしたあと、なんとなく一緒に歩き始めた。

「長瀬、会社戻るの？」

「いや、もう帰る」

吉澤にそう答えると、桐生が初めて僕に話しかけてきた。

「なら送って行こう」

「……ありがとう」

戸惑いながらも答えた僕に、会社に戻るという吉澤と尾崎は、

「それじゃまたな」

「桐生もたまには会おうぜ」

そう言いながら、ＮＥＸの方へと立ち去ってゆく。彼らの姿が視界から消えた途端、僕は桐生を振り返り、思わず大きな声で問いかけてしまった。

「どうして⁉」

「……別に」

ぶすっと答えた桐生はふいとそっぽを向き、

「行くぞ」

と僕の前に立って歩きはじめる。

「……うん」

『送る』もなにも、同じ家に帰るんだけど、と思いはしたが、もしや彼は会社に帰るのか、

と思って尋ねると「戻るわけないだろう」と一蹴《いっしゅう》されてしまった。

取り付く島もないというのはこのことか、と心の中で溜め息をつき、僕は黙って彼のあとについて駐車場の中を歩いてゆく。

そのとき大音響とともに、頭上をＪＡＬの機体が飛び立っていったため、僕は思わず足を止め、その行く先を見つめてしまった。

「……まだ飛ばないだろ」

桐生が僕を振り返り、やはりぶすっとした口調で声をかけてくる。

「？」

なんのことだろう、と思った次の瞬間、僕が田中の乗った飛行機を見送ろうとしたと桐生は思ったのではないかと気づいた。

「違うよ」

笑って彼に向かい首を横に振ってみせる。

「メキシコなら三年……長くて四年だろ」

ぼそ、とそう言ったあと、桐生は踵を返すと「行くぞ」とまた前を歩きはじめた。

「…………」

きっと彼は——田中との別れを惜しむ僕を慰めてくれようとしているのだろう。

そのことに気づいた途端、僕は思わず前を歩く彼の腕を摑んでしまった。

「なに？」

桐生が煩《うるさ》そうな顔をして僕のことを振り返る。

「……いや……」

思いは言葉には乗らず、僕は首を横に振ると、彼の腕を掴んだ手に力をこめ、そのままその腕に縋るようにして彼と腕を組み歩き始めた。

「…………」

桐生はちらと僕の顔を見下ろしたが、何も言わずにそのまま足を進めてくれた。また轟音《ごうおん》を響かせ、僕たちの頭上をＪＡＬが飛び去ってゆく。

「……田中のＪＡＬかな」

耳を劈《つんざ》くような音に負けないように僕が叫ぶと、

「さあな」

桐生も負けじと大声で叫び返す。

「愛してるよ」

聞こえないと思って、俯きながら小さく呟くと、桐生はまたちらと僕を見下ろしたあと、翳《かす》めるようなキスを僕の頬に落とした。

「地獄耳だなあ」

「それも聞こえてるぞ」

じろりと桐生が僕を睨みつける。思わず吹き出してしまった僕と、相変わらずぶすりとした表情のままの桐生の頭上を、新たなＪＡＬの機体がまた飛び立ってゆく。

今度こそ田中が乗っているメキシコ行きのＪＡＬかもしれないな、と思いながら僕は桐生の腕に回した己の手に力をこめ、彼の肩に顔を埋めたのだった。

新婚ごっこ

「奥様、もう一杯コーヒーをどうだ？」

「……桐生《きりゅう》……」

タヒチから帰ってきてこの方、桐生のマイブームである『新婚ごっこ』は未《いま》だに続いている。以前彼から、自分がいかに飽きっぽい性格をしているかという話を聞いたことがあるだけに――その話の最後には、あたかもお約束のように『お前は例外だけどな』という台詞《せりふ》がついたのだが――全然飽きっぽくなんかないじゃないか、と僕は桐生を、じろ、と睨《にら》んだ。

「奥様はご機嫌斜めと見える」

「ねえ、桐生。いい加減その『奥様』はやめないか？」

家の中で言ってるだけならまだしも――充分、男の僕に『奥様』は不自然だと思うけれど――外に出たときにも、桐生はときどき僕を『奥様』と呼ぶ。

僕が抗議すると桐生は『誰も他人《ひと》の会話なんか聞いてない』と言い、それどころか『自意識過剰なんじゃないか？』などと笑われてしまうのだが、桐生は自分のことを本当にわかっていないと思うのだ。

彼が外を歩けば、五、六割、いや、七、八割の女性はたいてい彼を見る。すれ違いざま、振り返る女性もかなりいるし、カフェで一緒にお茶をしているときにも、大多数の女性の注目を集めている。

その彼が男の僕に向かい『奥様』と呼びかける——皆、何ごとかと思い、注目するだろう、というごくごく当然の心配をまるでしようとせず、逆に『自意識過剰』なんて言い出す彼は、自分を過小評価しすぎているんじゃないかと思う。

桐生と『過小評価』という言葉の間にあるギャップはともかく、そういうわけで僕は、一日も早く彼の『マイブーム』が去ってくれるのを待っているわけだが、そんな僕の心中など知らない彼は、コーヒーを手渡してくれながら、相変わらず僕をその『マイブーム』で呼んだ。

「奥様、今日はこのあとどうする？」

「……うーん、そうだな……」

そうもしつこくされると注意するのも面倒になり、大人しく相槌《あいづち》を打った僕に、桐生が問いかけてくる。

「久々に出かけるか？」

今日は土曜日。昨夜のベッドでの激しい『運動』のおかげで、僕の起床は十時すぎとなった。まだまだ寝足りなかったところを、「いい加減起きろ」と桐生に起こされ、彼の手作りのブランチを取ったあと、コーヒーまで淹《い》れてもらっていたところなのだが、確かにこのまま家でごろごろ寝て過ごすのも、なんだか勿体ない気がする。

「そうだね。出かけようか」

答えはしたが、具体的に行きたい場所があるわけでもない。

「どこに行こうか」

桐生もまた、これ、という案が思いつかなかったらしく、僕らは二人して桐生の淹れてくれた薫り高いコーヒーを飲みながら、それぞれに週末の過ごし方を考えた。

「天気もよさそうだし、久々にドライブがてらどこか遠出するのもいいかもな」

暫《しばら》くしてから桐生は窓の外の空を見てそう言い、どうだ、と目で問うてきた。

「遠出って？」

「山中湖か、それとも軽井沢あたりまで足を延ばすか」

「軽井沢か」

いいかも、と頷《うなず》いた僕に向かい、パチ、と桐生が片目を瞑《つぶ》ってみせる。

「決まりだ」

「うん」

頷いた僕を桐生は、早く行こうと急《せ》かし、僕が支度をしている間にインターネットでホテルの予約まで入れてくれた。

「泊まりなの？」

「泊まらない理由は？」

驚いて問いかけると、桐生が心持ち不機嫌になり問い返す。

「違うよ。泊まる準備をしてなかったから」

別に宿泊を嫌がったわけじゃないんだ、と慌てて僕はそう言うと、

「ちょっと待っててくれ」

と彼に言い置き、寝室へと引き返そうとした。泊まりなら下着も、明日の服もいるだろうと思ったからだ。

桐生も僕のあとについてきて、僕が明日着るシャツや下着を出しているその横で、彼もまた着替えを準備し始めた。二人分の着替えと言ってもシャツ二枚に下着程度なので、小ぶりのスポーツバッグに一緒に詰め、それを桐生が持つ。

「忘れ物、ないかな」

「足りないものがあれば買えばいい」

気にする僕を桐生はそんな一言で黙らせると「行くぞ」と先に立って歩き出し、僕らは部屋を出て地下駐車場へと向かった。

練馬ＩＣから関越自動車道に乗って早々、僕たちは二人して、しまったな、と顔を見合わせ苦笑した。夏休みはもう終わっていたから大丈夫かと思ってたが、関越道の渋滞キロ数が尋常じゃないくらいに長かったのだ。

「事故でもあったのかな」

「事故、プラス自然渋滞かな」

残暑厳しき折、避暑地に行楽に向かう人々も多いのだろう、と桐生が肩を竦《すく》める。

「みんな、考えることは一緒ってことか」

「確かに」

軽井沢の人気を舐《な》めていた、と僕が言うと桐生は、

「馬鹿か」

と吹き出し、僕の頭を軽く小突いた。

「下手《へた》したら向こうに着くのは、夜かもな」

少しも進まぬ前の車を見やり、桐生が溜《た》め息交じりに呟《つぶや》く。

「急ぐ旅じゃないからいいけど」

そう相槌を打つと、桐生は、にや、と笑って僕を見た。

「なに？」

「いや、奥様は優しいな、と思ってさ」

「だから『奥様』はもういいよ」

まだ言うか、と桐生を睨む。渋滞に退屈してしまったのか、桐生は僕のクレームを軽く流すと、尚《なお》もからかうようなことを言い出した。

「でもまあ、場所を変えただけで、やることは一緒な気がするな」

「やること？」

問い返した瞬間、彼が何を言いたいのかを察し、まったく、と僕はまた、桐生を睨んだ。

「なんだ？」

僕が『気づいた』ことなどわかっているだろうに、桐生がにやにや笑いながら、敢《あ》えてそう問いかけてくる。

「『やること』ってなんだよ」

なので僕もおかえし、とばかりに彼に問い返してやったのだが、僕の問いに桐生はさも当然、というように、澄ましてこう答えた。

「到着しても夕食くらいしか楽しめないのなら、都内のレストランを予約するのと同じだったな、と言いたかったんだが？」

「…………」

やられた、と僕は彼を睨み、彼もまた、僕を見てにやり、と笑う。

「奥様は何を勘違いされたのかな？」

「……だから『奥様』はもう、やめろってば」

意地悪くからかってくる彼に、赤面しつつ僕が言い返す。

てっきり僕は桐生が言う『どこでもやることは一緒』という言葉をセクシャルな意味だと

――『オンザベッド』での行為のことだと思っていた。それを見透かされた上でかわされたのが悔しい、と桐生を睨むと、

「面白すぎる」

と桐生は珍しく声を上げて笑い、ますます僕の羞恥《しゅうち》を煽《あお》ってくれた。

「信じられない」

「怒るな。ジョークじゃないか」

横を向いた僕の頬《ほお》に、渋滞で車が動かないのをいいことに、桐生が右手を伸ばしてくる。

「今日はまあ、何もできないとしても、せっかく軽井沢まで行くんだ。明日は何か『らしい』ことをしようじゃないか」

どうやら桐生は僕のご機嫌を取りにきたらしい。痴話喧嘩《げんか》のあと『旦那様』が『奥様』の機嫌を取りにくる。これじゃまるで本当に新婚カップルみたいだ、と僕は思い――そんなことを考える自分に、なんだか笑ってしまった。

「どうした」

そっぽを向いたままくすくす笑う僕を訝《いぶか》り、桐生が強引に僕の顎《あご》を摑《つか》んで彼のほうを向かせる。

「なんでもない」

桐生に毒され『新婚ごっこ』を頭の中でしてしまった、とはとても言えず、誤魔化《ごまか》した僕

を桐生は横目で見ていたが、やがて、まあ、いいか、というように僕の顎を離し、軽く肩を竦めた。

「奥様の機嫌が直ったのならいいさ」

「まだ言うか」

マイブームにしてもしつこいな、と呆《あき》れた僕に向かい桐生は、「いいじゃないか」と笑うと、ちら、と周囲を見渡したあとに、僕へと覆い被《かぶ》さり、掠《かす》めるようなキスで僕の唇を塞《ふさ》いだ。

「おい」

渋滞しているということは、周囲の車も暫く位置が変わらないということだ。もしも周りのドライバーに気づかれでもしたら、延々とバツの悪い思いをし続けなければならなくなるというのに、と慌てて身体《からだ》を引いた僕に、桐生がぱちりと、見惚《みと》れるようなウインクをしてみせる。

「それだけ夏のヴァカンスが楽しかったってことさ」

こうして尾を引くほど、と笑う彼の言葉を聞く僕の脳裏に、本当に『楽しい』としか言いようのないタヒチでの日々がフラッシュバックのように蘇《よみがえ》った。

水上コテージで毎朝毎晩、飽きるまで抱き合ったこと。カヌーで運んでもらった朝食を、桐生と二人ベッドで食べふざけ合ったこと。泳がずにいるのは勿体ない、と読書するつもりだった彼を、無理やり海へと誘ったこと。島の外周を二人して自転車で走り、スコールに遭《あ》ってしまったためにパレオの店に立ち寄ることになったこと。桐生に教えてもらった南十字星を二人して見上げたこと――タヒチでの日々の、どの部分を切り取ったとしても、楽しい、そして愛《いと》しい想い出ばかりだ。

桐生の『マイブーム』は、彼がタヒチでの日々を懐かしんでくれているその表れなのだと今知らされ、僕同様、彼にとってもあの南の楽園での日々が、楽しい、そして愛しい想い出となっているのだと思うと、なんだか嬉《うれ》しくてたまらなくなった。

「また笑ってる」

自然と頬が緩み、またも一人、くすり、と笑いを漏らしてしまった僕に気づき、桐生が身を乗り出し顔を覗《のぞ》き込んでくる。

「何がおかしい？」

「いや、本当に楽しかったなと思って」

思い出し笑いだよ、と答えてしまったのは照れ隠しでもあったのだが、桐生には即、見破られてしまったようだ。

「思い出し笑いをするなんて、いやらしい奥様だ」

「だから『奥様』はもういいって」

また僕をからかい始めた桐生に、僕もまた笑って応戦する。

「だいたい僕が『奥様』なら、桐生は『旦那様』か『ご主人様』になるんだぞ？」

「『旦那様』に『ご主人様』か……メイド喫茶みたいだな」

「え？　桐生、メイド喫茶に行ったことあるんだ？」

「馬鹿、あるわけないだろ」

「よかった。あると言われたらちょっとびっくりしたかも」

「びっくりってなんだよ」

普段なら道路渋滞は、いらつくばかりであるはずなのに、こうして桐生とまさに、『新婚ごっこ』さながらに、どうということのない話を続けていると、いらつくどころか、あっという間に時間が過ぎていく気がする。

「僕も『メイド喫茶』は一回も行ったことがないんだ。今度一緒に行ってみようか？」

「冗談にしても寒いぞ」

更《さら》に軽口を叩《たた》き合い、たまに軽いスキンシップなども交えているうちに、どこまでも続いていると思われた渋滞を抜け、ようやく車が走り出した。

「夜よりは前に着きそうだな」

ハンドルを握りながら桐生がちらと腕時計を見て僕に声をかけてくる。

「そうだね」

「ホテルに入る前にどこか寄るか？」

行きたいところは？　と尋ねてきた彼に、あまりこれといった案がなかった僕は「桐生は？」と尋ね返した。

「俺は別にない」

「なら、ホテルに直行しようよ」

チェックインできる時間だろうし、と言うと桐生はなぜか、

「いいのか？」

と確認を取ってきた。

「いいって、何が？」

「せっかく軽井沢まで来たんだ。またお前の『貧乏性』が疼《うず》くんじゃないかと思ってさ」

『貧乏性』というのは、それこそ夏のヴァカンスで僕が、『せっかく来たんだから』とか『何もしないのは勿体ない』などと言ってはしゃいだのを桐生にからかわれ、『どうせ貧乏性だよ』と答えた、それを指しているということはすぐわかった。

「長瀬《ながせ》は意外とミーハーだよな」

「悪かったな」

くす、と桐生に笑われ、悪態をついたものの、桐生が僕のそんな性分を覚えていてくれ、それだけじゃなく気にかけてくれたことが、照れくさくもあり、また、なんともいえずに嬉しくもある。

あの、楽しくてたまらなかった夏のヴァカンスは、何にも代え難い想い出になっただけじゃなく、桐生の、そして僕の中に、いろんな形で残っている。

しつこい『奥様』攻撃もそうだし、僕の『貧乏性』を覚えてくれていたこともそうだ。日常生活でも色々な発見もあるし、想い出も作れるけれど、旅先などの非日常に身を置くことでまた、相手の新たな面を見出《みいだ》すことができ、とびきり印象的な想い出も作れる。

「……ねえ」

思わず僕は運転席の桐生に声をかけてしまっていた。

「なんだ？」

桐生がちら、と僕を見て問い返してくる。

「やっぱり、『ヴァカンス』はいいね」

「…………」

思うがままの言葉を告げると、桐生が少し驚いたような顔になる。しまった、これだけじゃ説明不足で意味不明だったかな、と僕は、言葉を足そうとしたのだけれど、それより前に、桐生が口を開いた。

「まあ、今回のは『プチ・ヴァカンス』だけどな」

にっと笑い、僕に片目を瞑ってみせた彼には、僕の思いが正確に伝わっていたようだ。

「またお前の、意外な面を見せてくれ」

それを証拠にそう言葉を続けた彼の、端整な横顔を見る僕の胸には、幸せとしかいいようのない温かな思いがどんどんと膨らんでいく。

「意外な面ってたとえば？」

浮かれるままに問いかけた僕に、桐生の意地悪な答えが返ってくる。

「そうだな。とびきり淫《みだ》らな面とか」

「それは桐生だろう。あ、全然意外じゃないか」

「言ったな」

またも『新婚ごっこ』よろしく、痴話喧嘩？　を始めた僕たちの車は、すっかり渋滞の消えた道を一路軽井沢へと向かい疾走していった。


桐生が選んだホテルは軽井沢《かるいざわ》プリンスのコテージで、明日軽井沢72ゴルフ場でのプレイも予約してくれたということだった。

「ゴルフもするなんて、言ってなかったじゃないか」

「どうせ道具は車に積んであるんだ」

いいじゃないか、と桐生に言われ、まあ、そうだけど、と答えはしたが、今日の今日、軽井沢に行こうと決めたはずなのに、この手回しの良さは凄《すご》いな、と僕は感心してしまっていた。

「なんだ、不満か？」

まじまじと彼を見やる僕を見返し、桐生が眉《まゆ》を顰《ひそ》め問いかけてくる。

「不満じゃないよ。びっくりしただけで」

「当然だ。サプライズだったからな」

言い返した僕に、あっという間に機嫌を直してくれたらしい桐生は、にや、と笑ってみせた。

クールに見せているが、そういやタヒチ旅行も『サプライズ』だったし、今回もまたそうだ。意外に桐生はイベント好き、というか、サプライズ好きなのかも、と、僕は彼の『新たな一面』を今、見つけた気がした。

それで思わず吹き出してしまったのだけれど、

「なんだよ？」

と当の桐生に問われ、思わずまた笑ってしまった。

「奥様は笑い上戸《じょうご》だな」

言いながら桐生が僕の腕を引き、胸に抱き寄せる。大人しくその胸に身体を預けると桐生は僕の頬へと手をやり、唇を合わせてきた。

「ん……」

触れるようなキスがやがて、きつく舌を絡め合う深いくちづけへと発展していく。まだ日も沈みきっていない中、明るいコテージの中でキスを交わすうちに、背徳感がそうさせるのか、なんだか僕はたまらない気持ちになってしまい、彼のシャツの背を掴んだ。

「…………」

預けた胸に更に身体を寄せ、熱くなってた下肢《かし》を擦《こす》り寄せたその動きで、桐生は僕の状態を察してくれたようだ。唇を合わせたまま、にっと目を細めて笑うと、僕の背を抱いていた手をすっと下ろし、ぎゅっと尻を握ってきた。

「……あっ……」

彼の指先が布越しにそこを抉《えぐ》ってきたのに、堪《たま》らず声を上げてしまった僕に向かい、微《かす》かに唇を離した桐生が、にや、と笑いかけてきた。

「もしかして到着早々、『とびきり淫らな面』を見せてくれるつもりかな？」

「馬鹿」

車中での言い合いを持ち出してきた彼を睨みながらもその胸に縋《すが》り付くと、桐生は楽しげな笑い声を上げ、僕をその場で抱き上げた。

「やっぱり、『どこでもやることは一緒』になったな」

「レストランで食事をするんだったっけ？」

言い返してやると、桐生は「言うじゃないか」と笑いながら僕をベッドに落とし、ゆっくりと覆い被さってきた。

「どうする？　奥様。食事に出るか、それともこのままオンザベッドで楽しむか？」

「旦那様のご希望は？」

たまには乗ってやろう、と問い返した僕に、桐生はぷっと吹き出し、身体を起こした。

「やっぱり『旦那様』は、ないいな」

「それじゃあ、『ご主人様？』」

「更にない」

あはは、と珍しくも桐生が声を上げて笑ったあとに、再び僕へと覆い被さってくる。

「じゃあ、『あなた』？」

「昼メロか」

「『ダーリン』？」

「『ハニー』？」

ここで二人同時に吹き出し、僕たちは互いにベッドに顔を伏せて暫く笑い続けてしまった。

「駄目だ、可笑《おか》しい」

「まったく、何をやってるんだか」

ひとしきり笑ったあと、くすくす笑いながら桐生がようやく顔を上げ、やっぱりくすくす笑いが止まらない僕に、唇を寄せてくる。

「桐生も意外に、笑い上戸だね」

「意外な一面を見せてしまったな」

桐生の言葉にまた笑いが込み上げ、キスが中断される。

「まったく、本当に困った奥様だ」

そんなことを言いながらも、桐生もまた、くすくすと笑い始める。言葉どおり『意外な一面』を見せてくれた彼を見上げる僕の胸には今、なんともいえない幸せな気持ちと共に、これから過ごす彼との『プチ・ヴァカンス』への期待が膨らんでいた。

あとがき

はじめまして&こんにちは。愁堂れなです。このたびは十一冊目のルチル文庫、そしてunisonシリーズ四冊目となりました『インテルメッツォ intermezzo ～間奏曲～』をお手に取ってくださり、本当にどうもありがとうございました。

サイト掲載の『東京湾大華火』とラブラブ新婚旅行編『the southern cross ～南十字星～』、一変して長瀬よろめき編となった表題作の『インテルメッツォ～間奏曲～』同人誌書き下ろしの『脆弱』に加え、お口直し？に、これぞまさにバカップルという短編『新婚ごっこ』を書き下ろさせていただきました。皆様に少しでも楽しんでいただけましたらこれほど嬉しいことはありません。

今回もめちゃめちゃ素敵な桐生と長瀬、そして田中を描いてくださいました水名瀬雅良先生に、心より御礼申し上げます。ヴァカンス中の桐生はいつもより少し鬼畜度が減って、それもまた素敵だなあ、とか、長瀬は相変わらず可愛い美人さんだなあ、などなど、ラフをいただくたびに本当に幸せ気分を満喫させていただいていました。お忙しい中、本当に素敵なイラストをどうもありがとうございました。これからもどうぞよろしくお願い申し上げます。

また、担当様にも、今回も大変お世話になりました。タイトルを決める際にもいろいろとご相談に乗ってくださり、本当にどうもありがとうございました。これからも頑張りますので、何卒よろしくお願い申し上げます。

最後に何よりこの本をお手に取ってくださいました皆様に、心より御礼申し上げます。unison シリーズ四冊目、いかがでしたでしょうか。ラブラブ新婚旅行編は、当時も本当に楽しみながら書かせていただいていました。また、今回の『新婚ごっこ』もつい、書きながらくすっと笑ってしまうくらい楽しんでしまったのですが、皆様にも少しでも楽しんでいただけているといいなとお祈りしています。よろしかったらお読みになったご感想をお聞かせくださいませ。心よりお待ちしています！

次のルチル文庫様でのお仕事は、春に新作をご発行いただける予定です。また今年も unison シリーズの続きや罪シリーズの続きもご発行いただける予定ですので、よろしかったらどうぞお手に取ってみてくださいね。

今年も皆様に楽しんでいただける作品を目指し、頑張って書いていきたいと思っていますので、不束者ではありますがどうぞよろしくお願い申し上げます。

また皆様にお目にかかれますことを、切にお祈りしています。

平成二十一年一月吉日

愁堂れな

（公式サイト「シャインズ」http://www.r-shuhdoh.com/）

✦初出 東京湾大華火……………………………個人サイト掲載作品(2002年8月)
the southern cross～南十字星～…個人サイト掲載作品(2002年8月)
脆弱……………………………………同人誌掲載作品(2003年12月)
intermezzo 間奏曲…………………個人サイト掲載作品
(2002年11月)
新婚ごっこ……………………………書き下ろし

愁堂れな先生、水名瀬雅良先生へのお便り、本作品に関するご意見、ご感想などは
〒151-0051 東京都渋谷区千駄ヶ谷4-9-7
幻冬舎コミックス ルチル文庫「intermezzo 間奏曲」係まで。

幻冬舎ルチル文庫

intermezzo《インテルメッツォ》 間奏曲

2009年1月20日 第1刷発行

✦著者 愁堂れな しゅうどう れな

✦発行人 伊藤嘉彦

✦発行元 株式会社 幻冬舎コミックス
〒151-0051 東京都渋谷区千駄ヶ谷4-9-7
電話 03(5411)6432[編集]

✦発売元 株式会社 幻冬舎
〒151-0051 東京都渋谷区千駄ヶ谷4-9-7
電話 03(5411)6222[営業]
振替 00120-8-767643

✦印刷・製本所 中央精版印刷株式会社

✦検印廃止

ISBN978-4-344-81547-6 C0193 Printed in Japan